Schrödinger'in Kedisi
Şiirin Kuantum Dünyası

Translated to Turkish from the English version of
Schrödinger's Cat

Devajit Bhuyan

Ukiyoto Publishing

Tüm küresel yayın hakları

Ukiyoto Publishing

2023 yılında yayınlandı

İçerik Telif Hakkı © Devajit Bhuyan

ISBN 9789360169183

Tüm hakları saklıdır.

Bu yayının hiçbir bölümü, yayıncının önceden izni alınmaksızın elektronik, mekanik, fotokopi, kayıt veya başka herhangi bir yolla çoğaltılamaz, iletilemez veya bir erişim sisteminde saklanamaz.

Yazarın manevi hakları ileri sürülmüştür.

Bu kitap, yayıncının önceden izni olmaksızın, yayınlandığı cilt veya kapak dışında herhangi bir şekilde ödünç verilmemesi, yeniden satılmaması, kiralanmaması veya başka bir şekilde dağıtılmaması koşuluyla satılmaktadır.

www.ukiyoto.com

Kuantum Fiziğinin üç silahşörü Erwin Schrödinger, Max Planck ve Warner Heisenberg'e ithaf edilmiştir

İçindekiler

Entropi Öldürecek	2
Madde Enerji Dualitesi	3
Paralel Evrenler	4
Gözlemcinin Önemi	5
Yapay Zeka	6
Zaman Boyutunu İhlal Etmeyin	7
Bir Varmış Bir Yokmuş	8
Tanrı Denklemi	9
Filozof Tartışmaları	10
Yoluma Devam Ediyorum	11
Tanrı'nın ve Fiziğin Oyunu	12
Bir Zamanlar Teleks Diye Bir Makine Vardı	13
Benim aklım	14
Çoklu Evren Doğruysa	15
Sürtünme	16
Bildiklerimiz Hiçbir Şey	17
Gerçeğin Güzel Günleri Geliyor	18
Farklılaştırma ve Entegrasyon	19
Açlık İçindeki Kartal	20
Yaşlandıkça	21
İnsan Yapımı Bölünmeyi Unutun	22
Bulut Bilişim Onu Görünmez Yaptı	23
Biz Sanalız	24
Yaşam Bilinci	25
Kedi Canlı Çıktı	26
Büyük Bariyer	27
Hayat Güllük Gülistanlık Değil, Ama Güneş Var	28
Yüce Hayvan	29

O" Bilim İnsanları, Sevgili Bilim İnsanları	30
İnsan Duyguları ve Kuantum Fiziği	31
Özgünlüğe ve Bilince Ne Olacak?	32
Evrenin Genişlemesi Sona Erdiğinde	33
Yeniden Mühendislik	34
Higgs Bozonu, Tanrı Parçacığı	35
Yaşlı Adam ve Kuantum Dolanıklığı	36
İnsanlar Ne Yapacak?	37
Uzay-Zaman	38
Kararsız Evren	39
Görelilik	40
Zaman Nedir	41
Büyük Düşünmek	42
Doğa Kendi Evrim Sürecinin Bedelini Ödedi	43
Dünya Günü	44
Dünya Kitap Günü	45
Geçiş Sürecinde Mutlu Olalım	46
Gözlemci Önemlidir	47
Yeterli Zaman	48
Yalnızlık Her Zaman Kötü Değildir	49
Yapay Zekaya Karşı Ben	50
Etik Sorusu	51
Bilmiyorum.	52
Biliyorum, Fare Yarışında En İyisiydim	53
Geleceğinizi Yaratın	54
İhmal Edilen Boyutlar	55
Hatırlıyoruz	56
Özgür İrade	57
Yarın Sadece Bir Umuttur	58
Olay Ufku'nda Doğum ve Ölüm	59

Nihai Oyun	60
Zaman, Gizemli İllüzyon	61
Tanrı Öz İradeye Karşı Çıkmaz	62
İyi ve Kötü	63
İnsanlar Sadece Birkaç Kategoriyi Takdir Ediyor	65
Daha İyi Yarınlar İçin Teknoloji	66
Yapay ve Doğal Zekanın Füzyonu	67
Farklı Bir Gezegende	68
Yıkıcı İçgüdü	69
Şişman İnsanlar Genç Ölür	70
Çoklu Görev Tedavi Değildir	71
Ölümsüz Adam	72
Tuhaf Boyut	73
Hayat Sürekli Mücadeledir	74
Daha Yükseklere Uçun, Gerçekliği Hissedin	75
Hayatla Başa Çıkmak İçin	76
Biz Sadece Atom Yığınları Mıyız?	77
Zaman Çürüme ya da Varoluşsuz İlerlemedir	78
Firavunlar	79
Yalnız Gezegen	80
Neden Savaşa İhtiyacımız Var?	81
Kalıcı Dünya Barışından Vazgeçin	82
Kayıp Halka	83
Tanrı Denklemi Yeterli Değil	84
Kadınların Eşitliği	85
Sonsuzluk	86
Samanyolu'nun Ötesinde	87
Teselli Ödülüyle Mutlu Olun ve Yolunuza Devam Edin	88
Covid19 Tokalanamadı	89
Zihniyet Fakiri Olmayın	90

Büyük Düşün ve Sadece Yap	91
Beyin Tek Başına Yeterli Değildir	92
Sayma ve Matematik	93
Bellek Yeterli Değil	94
Ne Kadar Verirseniz, O Kadar Alırsınız	95
Bırakmak ve Unutmak Aynı Derecede Önemlidir	96
Kuantum Olasılık	97
Elektron	98
Nötrino	99
Tanrı Kötü Bir Yöneticidir	100
Fizik Mühendisliğin Babasıdır	101
İnsanların Atomlar Hakkındaki Bilgisi	102
Kararsız Elektron	103
Temel Kuvvetler	104
Homo Sapiens'in Amacı	105
Kayıp Bağlantıdan Önce	106
Adem ve Havva	107
Hayali Sayılar Zordur	108
Ters Sayma	109
Herkes Sıfırla Başlar	110
Etik Sorular	111
Hepsi-Sin-Tan-Cos	112
Ateş Gücü	114
Gece ve Gündüz	115
Özgür İrade ve Nihai Sonuç	116
Kuantum Olasılık	117
Ölümlülük ve Ölümsüzlük	118
Kavşağın Deli Kızı	119
Moleküllere Karşı Atom	120
Yeni Bir Karar Alalım	121

Fermi-Dirac İstatistikleri	122
İnsanlık Dışı Zihniyet	123
İş Süreci	124
Huzur İçinde Yatın (RIP)	125
Ruhlar Gerçek mi Yoksa Hayal mi?	126
Ruhlar Gerçek mi Yoksa Hayal mi?	127
Tüm Ruhlar Aynı Paketin Parçası mı?	128
Çekirdek	129
Fiziğin Ötesinde	130
Bilim ve Din	131
Dinler ve Çoklu Evren	132
Bilimin Geleceği ve Çoklu Evren	133
Bal Arıları	134
Aynı Sonuç	135
Bir Şey ve Hiçbir Şey	136
Şiirin En İyisi	137
Saçlarınızı Beyazlatmak	138
Kararsız İnsan	139
Şiir de Fizik Gibi Basit Olsun	140
Büyük Max Planck	141
Gözlemcinin Önemi	142
Bilmiyoruz	143
Gelişmekte olan nedir	144
Eter	145
Bağımsızlık Mutlak Değildir	146
Zorla Evrim, Ne Olacak?	147
Genç Öl	149
Determinizm, Rastgelelik ve Özgür İrade	150
Sorunlar	151
Yaşamın Küçük Parçacıklara İhtiyacı Var	152

Acı ve Zevk	153
Fizik Teorisi	154
Her Ne Olduysa Oldu	155
Duygular Neden Simetriktir?	156
Derin Karanlıkta da Yolumuza Devam Ediyoruz	157
Varoluş Oyunu	158
Doğal Seçilim ve Evrim	160
Fizik ve DNA Kodu	161
Gerçeklik Nedir?	162
Karşıt Güçler	163
Zaman Ölçümü	164
Kopyalamayın, Kendi Tezinizi Gönderin	166
Yaşamın Amacı Yekpare Değildir	168
Ağaçların Bir Amacı Var mı?	170
Eski Altın Olarak Kalacak	172
Gelecek İçin Mücadele	174
Güzellik ve Görelilik	175
Dinamik Denge	176
Kimse Beni Durduramaz	177
Asla Mükemmelliği Denemedim, Ama Gelişmeye Çalıştım	178
Öğretmen	179
Yanıltıcı Mükemmellik	180
Temel Değerlerinize Bağlı Kalın	181
Ölümün İcadı	182
Özgüven	183
Kaba Kalmaya Devam Ettik	184
Neden Kaotikleşiyoruz?	185
Yaşamak mı Yaşamamak mı?	186
Daha Büyük Resim	187
Ufkunuzu Genişletin	188

Biliyorum.	190
Amaç ve Sebep Aramayın	191
Doğa Sevgisi	192
Özgür Doğdu	193
Yaşam Süremiz Her Zaman İyidir	195
Üzgün Değilim	196
Erken Yatmak ve Erken Kalkmak	197
Hayat Basitleşti	198
Dalga Fonksiyonunun Görselleştirilmesi	199
Sekiz Milyar	201
Ben	202
Konfor Sarhoş Edicidir	203
Özgür İrade ve Amaç	204
İki Tür	205
Bilim İnsanlarını Takdir Edelim	206
Su ve Oksijenin Ötesinde Yaşam	207
Su ve Toprak	208
Fizikte Harmonikler Vardır	209
Doğa Alanında Bilim	210
Gelişen Hipotez ve Yasalar	211
Yazar Hakkında	213

Schrödinger'in Kedisi

Uzay, zaman, madde ve enerji ile sınırlanmış kara kutunun içindeyiz

Uzay ve zaman alanında sinerji için dönüşüm yapmakla meşgulüz

Ayrıca, vücut yağlarının birikmesi yoluyla enerjiyi maddeye dönüştürürüz

Ancak kara kutunun sınırları içinde hayatlarımız sona erer ve her şey durur

Bu sonsuz galaksilerdeki kara kutunun ötesinde ne olduğunu kimse bilmiyor.

Fiziksel doğrulama için teknoloji yok, evrenin sınırında ne var

Kara kutunun ötesindeki gizlilik, bilinmeyen güç korur

Schrödinger'in kedisini kutudan çıkarabiliriz

O zaman bile, paradokstan çıkmak kolay ve basit olmayacaktır

Hayatın nihai gerçeğini bilmek için insan her zaman sorunlarla karşılaşacaktır.

Entropi Öldürecek

Evrenin entropisi her geçen gün artıyor, bunu hissedebiliyorum.
Ama yavaşlatmak için herhangi bir makinemiz veya yöntemimiz yok.
Patlama makinesi icat etmek için herhangi bir fizik kanunumuz da yok.
Gerçeği bilmek tek başına yeterli değil, çözüme ihtiyacımız var
Her gün önümüzde istenmeyen yıkımlar oluyor
Entropiyi artırmak için, her ay insan nüfusu artıyor
Geri döndürülemez entropi süreci yakında maksimum hale gelebilir
İnsanlık ve yüce hayvan, aya göç etmek zorunda kalacak.
Eski nesillere gülmeyin, plastik olmadan yeterince akıllı değiller
En azından, artan entropi olgusu rustik değildi.

Madde Enerji Dualitesi

Madde ve enerji ikiliği çok basittir
Her an milyarlarca yıldız bunu yapıyor
Galaksiler madde olarak var olurlar
Ve galaksilerin maddesi enerji olarak yok olur.
Ama tüm madde ve enerjinin toplamı sıfırdır.
Arada, antimadde ve karanlık enerji bilinmeyen kahramanlardır.
Her an madde ve enerji ile oynuyoruz
Ama hala basit bir teknik icat etmekten çok uzakta
Zaman ve mekan alanında varlığımız sınırlıdır
Madde ve enerjiyi dönüştürmek için basit teknolojiyi öğrendiğimiz gün
Zaman ve mekan engelleri sonsuzluk olarak kalmayacaktır
Tanrı, kediyle birlikte Schrödinger'in kutusunun içinde olacak.
Evren, uçan yarasa adı verilen yapay zeki robotlar tarafından yönetiliyor olabilir.

Paralel Evrenler

Dinler çok eski zamanlardan beri paralel evrenlerin varlığından bahsetmiştir

Fizik ve bilim camiası bunun hayali ve cehalet olduğunu söyledi

Fizik daha derine indikçe ve birçok doğa olayını açıklayamadıkça

Şimdi, bunları açıklamak için paralel evrenin bir açıklama olduğunu söylüyorlar.

Ama binlerce yıllık düşüncelere bilim adamları itibar etmeyecektir.

Parçacık fiziği, atom altı fiziğin kendisi felsefi bir düşüncedir

Bilimsel deneylerle ancak onlarca yıl geçtikten sonra doğrulandı

Yine de, benzer felsefeyi farklı bir dil formatında açıklayarak reddediyorlar

Bu, bilim camiasının kara kutu düşünme sendromudur

"Bilmediğimiz şey bilgi değildir" sözü bilimde kabul edilemez

Bir kez paralel evren, yargılayıcı olduğu kanıtlanırsa, sessizliğini koruyacaktır.

Gözlemcinin Önemi

Schrödinger'in kutusunu zaman ufkunda açtığımızda

Kutunun içindeki kedi canlı ya da ölü olabilir ve bu bir olasılık meselesidir

Dışarıdan hiçbir gözlemci bunu güvenle tahmin edemez ve doğrulayamaz

Ancak gözlemlediğimizde durumun farklı olması muhtemeldir

Bu nedenle, olay ufku için gözlemci önemlidir

Çift yarık deneyinde, parçacıklar gözlemlendiklerinde farklı davranırlar

Neden parçacıkları dolaştırıyor, bu konuda bir açıklama yok

Dolaşık parçacıklar arasındaki bilgi ışıktan daha hızlı hareket eder

Dolayısıyla, gelecekte dış gezegen ve uzaylılarla iletişim parlak.

Yapay Zeka

Hindistan cevizi ağacının tepesine su pompalamak için gereken kalp gibi bir pompa yok

Makineler arı gibi hardal çiçeklerinden bal toplayamaz.

Aynı topraktan bitkiler tatlı, ekşi ve acı şeyler üretebilir

Yapay zeka için doğanın halkasında oynamak farklı bir oyun olacak

Eğer her şey yapay zekaya ve güneş enerjisine sahip robotlar tarafından yapılırsa

İnsanlar için dünya gezegeninde sonsuza dek yaşamanın bir amacı veya nedeni yok

İnsanoğlunun diğer gezegenlere ve Galaksilere seyahat etmesi için doğru zaman

Ölümsüz bedenler için yeni genetik kodlar oluşturmaya çalışmalıyız.

Akıllı bir bilgisayarın altında sonsuza kadar yaşamakla ilgilenmiyorum.

Zaman hatırlamasa bile bugün bağımsız düşünerek ölmeme izin verin.

Zaman Boyutunu İhlal Etmeyin

Sonsuz evrende ışık hızı çok yavaştır.

Bu, gezegenlerin bireyselliğini korumak için bir güvenlik önlemi olabilir

Böylece uzaylılar ve insanlar sık sık savaşa giremezler

Milyarlarca ışık yılı uzaklıktaki yıldızlarda başka uygarlıklar gelişiyor olabilir.

Işıktan daha hızlı seyahat etmek homo sapiens'in geleceği için iyi olmayabilir

Sonuçlarını bilmeden hızın emniyet sübabını kırmayalım

Zaman boyutundaki tünel, uygarlığı alt üst edecek

Eskiden bir virüsle yüzleşmek için kullanılan covid19 aşısı bile şimdi sağlıkta tahribat yaratıyor

Sağlıklı genç adam sürümüzden sebepsiz yere ölüyor

Yarım bilgi, cehaletten veya hiç bilmemekten daha kötüdür

Işık hızının aşılması ve zaman tüneli ile homo sapiens düşebilir.

Bir Varmış Bir Yokmuş

Bir zamanlar insanlar güneşin, güneşin etrafında hareket ettiğini düşünürlerdi.

Akşam okyanusa batar ve sabah tekrar çıkar.

Güneşin doğmak için her sabah Tanrı'dan izin alması gerekir

O ilkel günlerin insanları ne kadar cahil ve bilimsellikten uzaktı.

Milyonlarca yıl boyunca insanlar nükleer bomba yapmayı bilmiyorlardı.

Piramit, anıt ve büyük mezarlar inşa etmeleri iyi olmuş.

Aksi takdirde, modern uygarlık dönemine ulaşamazdık.

Ortaçağ'da insan uygarlığı unutulup gitmiş olurdu.

Bir zamanlar bize ışığın içinden yayıldığı Eather (eter) öğretilmişti.

Şimdi bilim adamları düşünüyor ki, o sözde fizikçilerin de içi boştu.

Bugün hiç kimse big-bang, durağan durum, çok ayetli veya sicim teorisinin hangisinin doğru olduğunu bilmiyor.

Ancak kozmosun başlangıcı veya sonu olmayan sabit durum teorisi ile dinler sıkı

Gezegenler, yıldızlar ve galaksiler insanlar gibi doğar ve ölür

İnsan için zamanın ölçeği ve farklı boyutlar başka bir şeydir.

Tanrı Denklemi

Biz de diğer canlı ve cansız maddeler gibi sadece bir atom yığını mıyız?

Yoksa insan vücudundaki atomların kombinasyonu diğerlerinden tamamen farklı mı?

Sadece farklı atomların kombinasyonları bilinç aşılayamaz

İnsanla, robotlar ve yapay zekaya sahip bilgisayarlar arasında fark vardır

Bir zamanlar bize atomların var olan en küçük parçacıklar olduğu söylenmişti.

Pozitif proton, nötr nötron ve negatif elektronlar temeldir

Şimdi daha derine indiğimizde, bunun doğru olmadığını biliyoruz

Temel parçacıklar foton, bozon veya sadece sicimlerin titreşimi olabilir

Bazı bilim adamları maddenin belki de sadece bilgi olduğunu söylüyorlar.

Bu, farklı temsiller vermek için koda göre birleşir

Ancak bilinç ve onun kökeni konusunda elimizde bir çözüm yok.

Elmayı ve ondan yapılan şarabı yerken mutlu olalım

Ta ki bilim insanları her şeyin uyacağı Tanrı denklemini bulana kadar.

Filozof Tartışmaları

Filozoflar tartışıyor: Yumurta mı önce geldi, kuş mu önce geldi?
Her iki taraf için de mantık eşit derecede güçlü ve sağlamdır
Madde ve enerji söz konusu olduğunda, böyle bir tartışma yoktur.
Enerjiden evrenin meydana geldiği bir gerçektir
Enerji ne yaratılabilir ne de yok edilebilir eski bir paradigmadır
Enerji-madde ikiliği kavramı uzun zaman önce Einstein'ın
Parçacıkların madde ve dalga doğası da ortaya çıkar
Çok fazla temel ya da elementer parçacığın varlığı
Evrenin nihai yapı taşlarına ilişkin görüşler her zaman farklılık gösterir
Schrödinger'in kedisi gibi her şeye gücü yeten bir kafes imkansızdır.
Kediyi kafese koyana kadar, daha iyi bir ölüm için yiyelim, gülümseyelim, sevelim ve yürüyelim.

Yoluma Devam Ediyorum

Evren durmadan genişliyor.

Ben de yolculuğumda ilerlemeye devam ediyorum

Bazen güneş ışığı, bazen yağmur

Bazen gök gürültüsü, bazen fırtına

Ama hiç durmadım, yoluma devam ettim;

Yolculuk her zaman pürüzsüz ve kolay olmadı

Ayak parmaklarıma batan dikenleri kendim çıkardım.

Nehri geçmek için köprünün olmadığı yerde

Kendi teknemi yaptım ve karşıya geçtim.

Ama hiç durmadım, yoluma devam ettim;

Bazen en karanlık gecede yönümü kaybettim

Yine de, ateşböcekleri ilerlemek için yolu gösterdi

Kaygan yolda birkaç kez düşmüştüm.

Çabucak ayağa kalktım ve yanıp sönen yıldızlara baktım.

Ama hiç durmadım, yoluma devam ettim;

Asla kat ettiğim mesafeyi ölçmeye çalışmadım

Kar ve zararı hesaplamadan, her zaman ileriye doğru hareket etti

Seyircilerden teşvik beklentisi yok

Durağan insanlarla asla zaman kaybetmeyin, hatalar yapmayın

Uzun zaman önce, hayatta hiçbir şeyin kalıcı olmadığını, yolculuğun ödül olduğunu fark ettim.

Tanrı'nın ve Fiziğin Oyunu

Yerçekimi, elektromanyetizma, güçlü ve zayıf nükleer kuvvetler temel
Evrenin dinamik olmasının ve durağan ya da statik olmamasının nedeni budur.
Bu dört boyutta madde, enerji, uzay ve zaman, yaratıcı oyun
Bilim insanları, keşfedilmemiş boyutların da var olduğunu söylüyor
Karanlık enerjinin varoluş nedeni ve davranışları hala bilinmiyor
İnsan beyinleri aynı olsa da, her birinin bilinci farklıdır.
Evrenin ve aynı zamanda Tanrı'nın varlığı için bilinç önemlidir
Kuantum dolanıklığı maksimum hız sınırına uymuyor
Zaman yolculuğu ve diğer galaksilere seyahat, dolanıklık izni
Daha derine indikçe daha fazla soru gelecektir.
Fizik ve Tanrı arasındaki oyun gerçekten çok eğlenceli.

Bir Zamanlar Teleks Diye Bir Makine Vardı

Bir gün yeni nesil şüphe edecek, bir telefon görüşmesi için PCO vardı

Teleks ve faks makinesini kullanmamıza rağmen, şimdi şaşırıyoruz

İnternet Cafe gözümüzün önünde, haberimiz olmadan kapandı

Ama kafenin önünde dilenen zavallı adam hala var

Kaset ve CD çalarlardan oluşan büyük ses kutuları artık evlerde terk edilmiş durumda

Ancak ses kutuları ve genel seslendirme sistemi zamana dayanır

İletişim için internet, sosyal medya birincil öneme sahip olsa da

Teknoloji her zaman daha iyi yarınlar ve yaşamı iyileştirmek içindir

Ancak karı koca arasındaki boşanmaların sayısını azaltamaz

Modern uygarlığın zirvesinde bile yoksulluk ve açlık var

Pek çok ülkede, pek çok insanın zihniyeti mantıksız ve ırkçıdır

Fizik ve teknolojinin cevabı yok, savaş ve suç nasıl durdurulur?

Barışçıl bir dünya için teknolojiyi geliştirmek ve kardeşliği geliştirmek birinci önceliktir.

Benim aklım

Zihnim kıskanç olmama asla izin vermedi.
Zihnim asla duygusuz olmama izin vermedi
Öfke ve nefret bana göre değil
Deniz kenarında yalnız kalsam daha iyi.
Huzur ve sükuneti her zaman tercih ederim
Kavga yerine kardeşlik daha iyidir
Şiddetten her zaman uzak durmaya çalışırım.
Doğruluk ve dürüstlük için, ödemeye hazırım
Yozlaşmış insanları uzak tutmaya çalışıyorum.
Çok fazla endişe ve gerginlik yaşıyorum
Çevreyi korumak için bir çözümüm yok
Savaş ve çevre kirliliği beni depresyona sokuyor
İnsanlığın ruh sağlığı bozuluyor.

Çoklu Evren Doğruysa

Eğer çoklu evren ve paralel evren teorisi doğruysa
O halde insanın yeryüzündeki varlığı için bir ipucu vardır
En gelişmiş uygarlık dünyayı hapishane olarak kullanmış olabilir.
İnsanoğlu en acımasız hayvandır, belki de bu yüzden
İyi uygarlığın kötü unsurları dünyaya taşındı
Gelişmiş uygarlık daha sonra kötü ve kötülük katından kurtuldu
İnsanlar yeryüzünde maymunlarla birlikte ormanlarda bırakıldı.
Herhangi bir alet ya da mücadele olmadan kötü insanlar hayata yeniden başladılar
İlk neslin ölümünden sonra eski bilgilerin bozulması söz konusudur
Dünyada yeni doğanlar hayat sorunlarına yeniden başlamak zorunda
Uygarlık çok ilerlemiş ve gelişmiş olsa da
Kötü insanların ve suçluların DNA'sı ile insan toplumu hala çürüyor
Gelişmiş uygarlık, insanın onlara ulaşmasına asla izin vermeyecektir.
Eski atalarının kötü DNA'sının yine dümenlerini yok etmeye çalışacağını biliyorlar.

Sürtünme

Sürtünme katsayısının çok az kişi tarafından bilindiğini
Sürtünme olmadan, bu gezegende yaşam yenilenemez.
Yaşamın oluşumu erkek ve dişi organların sürtünmesiyle başlar
Sürtünme yoluyla yeni doğanlar ağlayan sloganlarla gelir
Sürtünme olmadan, ateş alevini gösteremezdi
Yangın tüm insan uygarlığı oyununu değiştirdi
Tekerlekler sürtünme kuvveti olmadan ilerleyemez
Hızlı hareket eden aracınızı durdurmak için sürtünme ana kaynaktır
Eğer sürtünme yoksa, jumbo jetiniz pistte durmayacaktır.
Savaş uçaklarının şehirleri bombalamak için havalanması çok uzakta olacak
Zihnin sürtünmesi birçok destanın yaratılmasına yol açar
Yerçekimi gibi sürtünme de doğal bir kuvvettir.
Ego sürtüşmesi tehlikelidir ve büyük savaşlara yol açar
Bu, insan uygarlığını büyük bir tehlikeye sokabilir
Sürtünme, kullanımına bağlı olarak iyi ve kötüdür
Sürtünme olmazsa gezegendeki yaşam yok olur, dünya kimsenin kullanamayacağı bir yer olur.

Bildiklerimiz Hiçbir Şey

Fiziğin bildikleri buzdağının sadece görünen kısmı

Fiziğin bilmediği şey gerçek fiziktir

Karanlık enerji ve karanlık madde, gerçek dinamikleri kontrol eder

Madde, enerji ve zaman hakkında bildiklerimiz sadece temel bilgilerdir.

Kozmosun sınırı bilinmez ve yanıltıcıdır

Antimadde ve paralel evren gerçek mi bilinmiyor

Birkaç bin yıl önce, çoklu evren kavramı

Big-Bang'den önce de galaksiler vardı, şimdi biliyoruz

Fiziğin ilerlemesi çok hızlıdır, ancak zaman alanında yavaştır

Evren bildiğimizden daha hızlı genişliyor

Kabul etmeliyiz ki, evren ve onun enginliği hakkında çok az şey biliyoruz.

Gerçeğin Güzel Günleri Geliyor

Ne zaman ışıktan daha hızlı seyahat edebileceğiz?

İnsan uygarlığının geleceği parlak olacak

Milyarlarca ışık yılı uzaklıktaki uzak bir gezegenden

Geçmişte ne gibi yanlışlar olduğunu rahatlıkla söyleyebiliriz

Buda, İsa ve Muhammed'in gerçek hikayesi ortaya çıkacak

Dini ders kitaplarında yanlış olan hiçbir şey geçerli olmayacak

Gelecekte gerçeğe giden yollar sağlam olacak ve yalanlar asla devam edemeyecek

Doğruluk, güven ve bağlılık yolunu insanlar sürdürecektir

Kötü insanlar ve suçlular, dünya hükümeti tarafından gözaltına alınacaktır.

Milyarlarca ışık yılı uzaktaki hapishaneye sınır dışı edilecekler.

Farklılaştırma ve Entegrasyon

İnsanı farklılaştırdığımızda
Sonunda ağaçlarda maymun yiyen meyveler bulduk
Ama ilkel insanı bütünleştirdiğimizde
Sonunda Buda, İsa ve Einstein'ı bulduk.
Dolayısıyla, entegrasyon farklılaşmadan daha önemlidir
Entegrasyon, gerçeği bulmaya ve sorunları çözmeye giden yoldur
Farklılaşma geriye doğru hareket ve ardından yıkımdır
İnsan geni en uygun olanın doğal seçilimini bilir
Yine de, üstünlük için ve doğal olmayan bir şekilde kazanmak için, en acımasız hale gelirler
Doğanın doğal olmayan süreçlerle manipüle edilmesi etik değildir
Uzun vadeli sürdürülebilirlik için de doğal süreci hızlandırmak tuhaftır.

Açlık İçindeki Kartal

Hayvanlar alemi insan zekası yüzünden acı çekiyor

Yapay zeka bumerang gibi dönüp Frankenstein'ı yaratabilir

İnsan daha iyi bir yaşam arayışında kendi yarattıklarının kölesi olabilir

Yapay zekaya sahip robot tehlikeli bir bıçağa dönüşebilir

Kaplumbağa gibi üç yüz yıl yaşayan insan ne yapacak?

Daha fazla doğa tahribatı ve istenmeyen gürültü olacak

Dijital sanal dünyada sadece yemek yemenin ve zaman geçirmenin hiçbir anlamı yok

Ölmek ve sinyal olarak ağda dijital veri olarak yaşamak daha iyidir

Eğer ileri bir uygarlık sinyalleri yakalar ve çözerse

Araştırma ve geliştirmeleri için, beyin verilerimiz

Genetik mühendisliği yapay zeka kadar tehlikeli olabilir

Covid19'dan daha büyük bir felaket, küçük bir ihmal nedeniyle insanları yok edebilir

Ancak insan beyni ve zihni durumla yüzleşmeden durmayacaktır

İnsan zihni-beyin her zaman açlık çeken bir kartal gibi uçma eğilimindedir.

Yaşlandıkça

Hayat yolculuğunda, yaşlandıkça ve yaşlandıkça
Hayat dosyasından birçok şeyi silmek gerekir
Hayat yolculuğu en iyi öğretmendir ve bizi daha bilge yapar
Ancak gereksiz yükler taşıdığımızda omuzlarımız zayıflar
Geçmiş bilgilerin çoğunun değeri yoktur
O yüzden silip zihni tazelemek daha iyi
Değişen senaryoda, bulmamız gereken yeni şeyler
İnsanları eleştirmek yerine, onlara karşı nazik olmalıyız.
Her gün ölüme doğru ilerlediğimiz bir gerçektir.
İhtilaflarla zaman ve enerji harcamak sadece boşunadır
Eğer bilgeliği öğrenmezsek deneyim yoluyla
Ölüm anında, çorak bir krallık bırakacağız
Hayatın gerçekliğini ve yolculuğun belirsizliğini ne kadar erken anlarsak
Gereksiz tartışmalardan ve turnuva endişelerinden kaçınabiliriz
Yaşlandığımızda gülümseme ve tatlı dil daha önemlidir
Birçok yeni olasılık, gülümsemeler kolayca ortaya çıkabilir
Aksi takdirde, hikayemiz unutulacak ve anlatılmadan kalacaktır.
Her yaşlı ve bilge adam geçmiş ve geleceğin olmadığını fark eder
Bunu kısa sürede fark eden kişi, hayatın istenmeyen işkencelerinden kaçınabilir.

İnsan Yapımı Bölünmeyi Unutun

Yalnız bir gezegende mi yoksa çoklu evrende mi yaşadığımızın bir önemi yok.

Milyarlarca yıl içinde bu gezegende yaşam ortaya çıktı ve gelişti

Medeniyet geldi ve Medeniyet kendi hataları yüzünden yok oldu

Ancak şimdi küresel ısınma nedeniyle tüm gezegen sıkıntı içinde

Yüce hayvan yakında bunun farkına varmazsa, her şey çökecek

Kesin gidişatı ve kıyamet gününü kimse tahmin edemese de

Eğer kalpten hissetmez ve harekete geçmezsek, yakında soykırım olacak

Çok evrenli bir gezegeni aramanın yanı sıra, orman yangınını söndürmek de önemlidir

Çevresel çöküş hızla ilerlerse, teknoloji güçsüz kalacaktır

Uzak ufuklara bakan insanoğlu, en yakın görüşünü kaybetmemelidir

Gezegeni kurtarmak için proaktif olun ve insan yapımı bölünmeyi unutun.

Bulut Bilişim Onu Görünmez Yaptı

Kuantum bilgisayar ile bulut bilişim
Yine de, aynı yerel tedarikçi tarafından teslim edilir
Eski, harap kamyonetiyle geldi.
Eğlenceli hissettiğimiz portallardan ön ödemeli malzemeler almak
Daha önce onu telefonumuzdan arıyorduk ama bu akıllıca değildi.
Ona günaydın dediğimizde gülümseyerek başlıyor
Kalem ve kurşun kalem kullanarak eşyaların listesini yazdı
Herhangi bir karışıklık olursa, düzeltmeler için hemen geri çağırdı
Şimdi sadece bulut şirketinin taşıma ve teslimat temsilcisi
Müşterileriyle iletişimini ve uyumunu kaybetti
Teknoloji onu sadece robot benzeri bir teslimat makinesi haline getirdi
Eski müşterileri ve ziyaretçileri için o sadece görünmez bir bağlantı.

Biz Sanalız

Kulağa hoş geliyor, biz gerçek değil, sanal şeyleriz

Gördüğümüz, hissettiğimiz ve duyduğumuz şeylerin hepsi üç boyutlu hologramdır.

Tohum ve spermlerde sadece bilgi ve veriler depolanır

Her şey kuantum parçacıkları tarafından bir dönem için programlanmıştır.

Duyularımız proton, nötron veya elektron görmeye programlı değildir

Organlarımız da havayı, bakterileri ve virüsleri görmeye programlı değildir

Organlarımız aracılığıyla hissedemediğimiz şeyler var ama sanal

Sonsuz evrende biz de başkaları için gerçek değil sanalız

Hologram o kadar mükemmel programlanmıştır ki gerçek olduğumuzu düşünürüz

Tanımadığımız oyuncularla sanal oyun oynadığımızda da böyle hissederiz

Hayatımızın sanal gerçekliği bizim için asıl gerçekliktir

Hologramda verilen sınırlı zeka kesindir

İnsan zekasının evreni ortaya çıkarması milyarlarca yıl alacaktır.

O zamana kadar evren yolculuğa tersinden başlayabilir.

Yaşam Bilinci

Yaşam bilinci DNA, eğitim, inanç ve deneyimin birleşimidir

İnsan bilinci insana daha yüksek zeka ve meraklılık verir

Hayvanlar alemi hayatta kalmak için aynı zeka ve aktivite seviyesinde sıkışıp kalmıştır

Hayvanları bakteri ve virüslerden kaynaklanan hastalıklardan kurtarmak için insanlar faaliyet göstermektedir

Hayvanlar doğal hastalık ve ölüm süreçlerine karşı daha savunmasızdır

Hayvan türleri sadece doğal bağışıklık ve çoğalma yoluyla hayatta kalabilir

Yeryüzünden silindikten sonra, hiçbir tür otomatik olarak yeniden canlanmamıştır

İnsanoğlunun nasıl ve neden yüksek bilince sahip olduğunu kimse bilmiyor

Eğitim, öğretim ve merak insan uygarlığının ilerlemesini sağladı

Karıncalar ve bal arıları beş bin yıl önce olduğu gibi aynı kalıyor

Disiplinleri, adanmışlıkları ve sosyal bütünlükleri ile insan takip etmeye çalışsa da

Her canlı varlığın bilinci farklı ve benzersizdir

Canlı varlıkların bu çeşitliliği kuantum dolanıklığı yoluyla bütünleştirilebilir

Din, her şeyin Tanrı ile iç içe olduğuna inanır

Dolaşıklığı süper bilincin bir parçası olarak kabul etmek için, bilim havasında değildir.

Kedi Canlı Çıktı

Kedi kutudan canlı ve sağlıklı çıktı

Etkinliğe katılan bilim insanları sürekli alkışladı

Çok sayıda insanın alkışladığını gören kedi aniden ortadan kayboldu

Kedinin ve radyoaktif maddenin yarı ömrü kediyi kurtardı

Belirsizlik ilkesinin hayat kurtarmada işe yaradığına bahse girilebilir.

Tanrı'nın kedinin hayatını kurtarma şansı yarı yarıyadır.

Bu aynı zamanda Heisenberg'in belirsizlik ilkesidir

Stephen Hawking, Tanrı'nın dünyanın yaratılmasında rolü olmayabileceğini söylese de

Ancak yaşamın ve olayların belirsizliği, Tanrı'nın varlığı, insan zihninin

Kediyi kafese koyup geleceğini mükemmel bir şekilde tahmin etmediğimiz sürece

Bilim, Tanrı'yı ve doğanın belirsizliğini kafesleyemeyecektir.

Büyük Bariyer

Odaklanmak hayatta kalmak için temel içgüdüdür

Bir avcı odaklanmadan duasını öldüremez

Kriket oyuncuları topa ve sopaya odaklanır

Futbolcular topa ve fileye konsantre oluyor

Günlük hayatta odaklanmak zor bir iş değildir

Sanatta ustalaşanlar hızlı ilerler

Genç bir oğlan güzel bir kıza kolayca odaklanabilir

Ancak bir diferansiyel denklem türetmekte zorlanıyorum

Matematikte ustalaşmak için çözüm odaklanmaktır

Odaklanma, bir kağıt üzerinde ateşi tutuşturmak için güneş ışığını yoğunlaştırabilir

Pratik yapmak odaklanmayı mükemmelleştirir ve sonuçları daha akıllı hale getirir

Hayatta, konsantre olamamak ve odaklanamamak büyük bir engeldir.

Hayat Güllük Gülistanlık Değil, Ama Güneş Var

Hayal kurar, umut eder ve hayatın güllük gülistanlık olmasını bekleriz
İlerlediğimiz yol pürüzsüz ve altın gibi olmalı
Ancak gerçek tamamen farklı, karmaşık ve yanılsamadır
Varlığımızın nedeni atomun kararsızlığıdır.
Molekül olmak için, birleştikleri her an
Belirsizlik hayatımızın her alanında var olan bir olgudur.
Güllük gülistanlık sadece peri masallarında mümkündür
Hayatımız engebeli yollarda ilerlemeye mecburdur
Kırmızı ışık en uygunsuz zamanda büyüyebilir
Eğer aceleci olmaya çalışırsak, bilinmeyen güçler bize ceza verecektir.
Hayatın belirsizliğinde bile güneş ışığı vardır
Hayat yolculuğu fırsatlarla doludur, başarıyı yetenekleriniz belirler.

Yüce Hayvan

Paralel evrende yaşamın nasıl olacağı büyük bir soru

İnsan ışınlanma yapamadığı sürece, mükemmel bir çözüm yok

Şimdiye kadar kayıp Malezya uçağının tam yerini bulamadık

Dış gezegeni ziyaret etmeden kesin yaşam formu hakkında konuşmak doğru değil

Bilim insanları ne söylerse söylesin, biz onları ziyaret edene kadar hipnoz olarak kalacaktır.

Yaşamlarında ve fiziksel şeyleri yönetirken, farklı alemler olabilir

Tabii ki, kafalarının üzerinde yürümüyor ve pislikten yemiyor olabilirler

Ancak yakından gözlemlemeden, gerçek asla ortaya çıkmayacaktır

Paralel evrenin ileri yaratıkları bazı sıvıların altında yaşıyor olabilirler.

Çocuk hikayelerindeki denizkızı yaşamı yaratıkları orada hüküm sürüyor olabilir

Dünyadan gelen sinyaller aracılığıyla her şeyi bilme şansı nadirdir

Sonsuz kozmosun her köşesini keşfetmedikçe

İnsanoğlunun evrenin hakimi olduğunu iddia etmek yosun gibi bir varsayımdır.

O" Bilim İnsanları, Sevgili Bilim İnsanları

Evren güzelce örülmüş ve mükemmeldir
Yaşam ve ölüm bu güzel döngünün bir parçasıdır
Genetik mühendisliği yoluyla insanoğlunu ölümsüz kılmayın
Zaten insanoğlu dünyanın ekolojik dengesini bozdu
Canlılardaki biyolojik çeşitlilik ayrılmaz bir parçadır
Milyarlarca yıl geçti ve evrim çok yavaş ilerledi.
Dinozorların ve daha fazlasının neslinin tükenmesiyle
İnsan yaşamı artık yalnız gezegende gelişiyor
Genetik ve yapay zeka yoluyla ölümsüzlükten önce
Kanser ve genetik hastalıkların tedavisi daha önemli
Birkaç bin yıl önce bilgeler ölümsüzlüğü denediler.
Ancak tehlikelerini ve faydasızlığını fark ederek bunu denemekten vazgeçti
Eğer insanlar ölümsüz olursa, diğer yaşamlara ne olacak?
Evcil hayvanların ölümünde sıkça yaşanan travma, aynı derecede acı verici olacaktır
Uzun vadede, zihin değişmeden, ölümsüzlük zararlı olacaktır.

İnsan Duyguları ve Kuantum Fiziği

Sevgi ve inanç mantığa uymaz
İnsan yaşamı için her ikisi de temeldir
Hayatımızda müzik çok önemlidir
Duyular gen yoluyla gelir, içseldir
Ancak yaşam için atomların birleşimi organiktir.
Temel parçacıkların gerçekten temel olup olmadığı tartışmalıdır
Sicim teorisi, titreşimin gerçekte bir form olduğunu söyler.
Kuantum dolanıklığı gerçekten ürkütücü bir şey
Kuantum mekaniğinin getirdiği yeni olanaklar
Yine de, insan duyguları ve bilinci, farklı şekilde şarkı söyleriz.

Özgünlüğe ve Bilince Ne Olacak?

Bu dünyada herhangi bir amacım ya da nedenim olmayabilir.
Sanal bir hapishanede simüle edilmiş bir hayat yaşıyor olabilirim.
Ama benim kendi bilincim ve özgünlüğüm var.
Yapay zeka şimdiden düşünme sürecimi ihlal etti
Düşüncelerimin özgünlüğünde durgunluk ve durgunluk var
Zekam ve bilincim ikincil hale gelirse
Bilinçli bir koordinat olarak konumumu kesinlikle kaybedeceğim.
Amaçsız, yönsüz bir gezegende yaşamaktan çoktan bıkmış
Hiçbir bilim ya da felsefe neden ve hangi amaçla geldiğimizi açıklayamaz.
Keyfi vizyon, misyon ve amaç, varsaymak zorundayız
Yapay zeka ve ölümsüzlükle birlikte bunlar da boşa çıkacak
Hayat kırılgan olmaktan çıktığında yaşamın tanımı ne olacak bilmiyorum.

Evrenin Genişlemesi Sona Erdiğinde

Evrenin genişlemesi sonsuza kadar devam edecek mi?
Yoksa bir gün aniden genişlemesi duracak mı?
Zaman ileriye doğru hareketini kaybedip duracak mı?
Ya da momentum nedeniyle ters yönde dönmeye başlayacaktır
İnsanoğlu için dünya gezegeninde yaşam ne kadar eğlenceli olacak
İnsanlar ölü yakma alanlarında yaşlı bir adam olarak doğacaklar.
Ateşin başında aileleri ve arkadaşları tarafından karşılanacaklar.
Mezarlıklar hüzün yeri yerine kutlama yeri olacak
Yavaş yavaş yaşlı insanlar daha da gençleşecek
Yine bir gün sperm haline gelecekler ve anne karnında sonsuza dek yok olacaklar.
Tüm gezegenler ve yıldızlar tekrar bir tekillikte birleşecek
Ancak o zaman tüm incelikleri açıklamak için fizik ve zaman kalmayacaktır.

Yeniden Mühendislik

Doğa sürekli mühendislik ve yeniden mühendislik yapar
Bu, yaratılışın ve doğanın içkin bir sürecidir
Evrim sürecinde bile, daha iyi türler için, hayati önem taşır
Yeniden mühendislik olmadan, en iyi ürün ortaya çıkamaz
Dolayısıyla, ilerlemek ve en iyiyi geliştirmek için yeniden mühendislik şarttır
İnsan beyni de düşünme sürecinde sürekli yeniden mühendislik yapar
Gerçek ortaya çıktığında öğrenir, unutur ve yeniden öğreniriz
En iyisini üretene veya doğruyu bulana kadar, yeniden mühendislik devam edecek
Bu şekilde doğa en iyi dinamik dengeye ulaşmıştır
Yeniden mühendislik ve evrim bir sarkaç gibi süreklidir.

Higgs Bozonu, Tanrı Parçacığı

Higgs Bozonu keşfedildiğinde bilim dünyasını çok heyecanlandırdı

Yine de Tanrı ve elçileri dünyada bu şekilde kaldılar

Tanrı'ya ve peygamberlere insanlar hala sonsuz bir inanç ve güven duymaktadır;

Temel parçacıklar zamanın başlangıcından beri yerlerinde duruyor

Dolayısıyla, inananlar için, Higgs Bozonu'nun keşfinden bağımsız olarak, her şey aynı

Dünya savaşı ve Nagazaki bombardımanı için inananlar bunun Tanrı'nın ebedi oyunu olduğunu düşünürler

İnkârcı, Tanrı olsun ya da olmasın, bombanın alevi yaratacağını savunur

Dünya savaşı ve yıkımı için insan egosu ve tutumu suçlanmalıdır

İnananlar dünyanın farklı yerlerinde Tanrı'ya pek çok isim vermişlerdir

Ama Higgs Bozonu'nun tek bir adı var, bilim insanları bunu ortaya çıkarıyor.

Yaşlı Adam ve Kuantum Dolanıklığı

Tanrı'ya şükür Partikül, bir balıktı, timsah, Godzilla ya da anakonda değil

Kuantum olasılığı ve dolanıklık uyarınca bu mümkün olabilirdi

O zaman belirsizlik ilkesi yaşlı adamın midesini bulandırırdı.

Teknesi, belirsizlik içinde hayatta kalması için çok küçük ve kırılgandı

Hemingway'in romanı bir balık olduğu ve yaratıcılığı için ödülü kazandı

Yine de belirsizlik ve kuantum dolanıklığı ödül sahibini ölüme itti

Tanrı parçacığının keşfinden sonra bile, bu gezegende ölüm nihai gerçektir

Birçok uygarlık yerçekimi ve göreliliği bile bilmeden yok olup gitti

İnsanlar artık dolanıklığı bilmeden, sessizce kuantum aygıtları kullanıyorlar.

Bilgi düzeyi, bilmek ve bilmemek medeniyetler arasındaki farktır

Yarı bilgi ve biyo-zeka da insan ırkını yıkıma sürükleyebilir.

İnsanlar Ne Yapacak?

Dünya gezegeninde sekiz milyardan fazla homo-sapiens'e ihtiyaç var mı?

Zaten üçüncü dünya ülkeleri yarı okur-yazar insanlarla dolup taşıyor.

Asya şehirlerinde kimse rahatça yürüyemez, bisiklete binemez, araba kullanamaz veya hareket edemez

Sahip olanlar ile olmayanlar arasındaki uçurum her geçen gün artıyor

Din adına, genç iş gücü yaratmak, doğum kontrolü yok

Her yerde işsizlik, hayal kırıklığı ve hüsran

Dijital boşluklar bir kesimi insanlık dışı koşullarda yaşamaya itti

Dezavantajlı kesim için hayat, kader ve merhamet için Tanrı'ya dua etmek demektir

Umutsuz gençler arasında artan intihar vakaları zirvede

Şimdi yapay zeka ile giderek daha fazla işi ortadan kaldırıyoruz

Tarımda da insanlar daha iyi bir gelecek için umutlarını yavaş yavaş kaybediyor

Dünyada boşta gezen ve işsiz insanlar ne yapacak, diye sormak haksızlık değil.

Uzay-Zaman

Zaman görecelidir, zaten yerleşik bir olgu ve gerçekliktir

Uzay sonsuzdur, evren herhangi bir direnç olmaksızın genişlemektedir.

Uzay-zaman ilişkisinde yerçekimi kuvveti de önemlidir,

Işık hızı zaman için bir bariyerdir ve bu hızda zaman durabilir

Tüm uzay-zaman, madde-enerji, yerçekimi-elektromanyetizma kavramları raydan çıkabilir,

Newton'dan Einstein'a geçiş fizik çalışmalarında büyük bir sıçramaydı

Kuantum dolanıklığı artık temellerin çoğunu değiştiriyor,

Zamanda yolculuk ve ışınlanma artık bir bilim kurgu hikayesi değil

Yapay zeka yakında bunların gerçekleşmesi için yeni bir yön belirleyecek

İnsanlar yakında tatil sırasında zaman yolculuğu yaparak İsa ve Buda ile tanışabilirler.

Kararsız Evren

Big-Bang'den sonra, temel parçacıklar çalkalanır.

Patlamanın verdiği enerji ile heyecanlılar

Yeni oluşan parçacıklar kararsızdır ve uzun süre hayatta kalamazlar.

Böylece, proton, nötron ve elektron birleşerek şunları oluşturdular

Birlikte atomdan mini bir güneş sistemi oluşturarak kararlı hale geldiler.

Ancak kararlı kalabilmek için, yeni oluşan atomların çoğu

Atomlar farklı oranlarda birleşerek moleküllere dönüştü

Maddelerle birlikte, güneş sistemi dinamik olarak kararlı hale geldi

Atomların biyo-molekülleri oluşturması milyonlarca yıl sürdü

Karbon, hidrojen, oksijen, azot, demir biyolojik yaşamı mümkün kıldı

Hala emin değiliz, aslında atomların mı yoksa titreşen dalgaların mı birleşimiyiz?

Temel parçacıklar gerçekte Tanrı'nın siciminin titreşimleri olabilir.

Görelilik

Görelilik, galaksiler yaratıldığında doğanın bir özelliğidir

Big-Bang'den önce ve ondan sonra da görelilik hep vardı

Evrende ve gerçeklikte hiçbir şey mutlak ve sabit değildir

Bilim, felsefe ve psikoloji teorileri bazen tutarsızdır

Gerçekliğin ve göreliliğin varlığı için gözlemci önemlidir

İnsanlar göreliliği uzun zamandan beri matematiksel olmayan bir biçimde biliyorlardı

Düz bir çizgiyi dokunmadan kısaltmanın hikayesi genç değil

Dini metinler ve felsefe göreliliği farklı şekilde açıklamıştır

Einstein bunu insanlık ve bilim için denklemlerle ve matematiksel olarak ifade etti

Yaşam, ölüm, şimdi, geçmiş, gelecek hepsi görecelidir ve insan içgüdüsü tarafından bilinir.

İnsan beynine ve uygarlığa görelilik kavramı, temel bir faktördür.

Zaman Nedir

İnsan yaşamında zaman gerçekten var mıdır?

Yoksa insan beyninin gerçekliği kavramak için kullandığı bir yanılsamadan mı ibarettir?

Işık hızında hareket eden bir zaman oku var mıdır?

Ya da geçmiş, şimdi ve gelecek sadece varoluşu açıklamak için kullanılan kavramlar mıdır?

Evrende tekdüze bir zaman yoktur ve her yerde zaman görecelidir

Madde ve enerji, gerçek anlamda tezahür eden tek gerçekliktir

Şüphe her zaman zaman, ruh ve Tanrı'nın varlığı hakkındadır

Zaman ölçümü keyfi olabilir, uzunluk ve ağırlık birimi gibi bir birim olabilir

Geçmişten günümüze ve geleceğe uzanan zaman oku doğru olmayabilir

Zaman sadece madde-enerji dönüşümünü, büyümeyi ve çürümeyi ölçmek için bir birim olabilir

Zamanın ne olduğunu, teyitle birlikte, bilgili bilim insanları bile söyleyemez.

Büyük Düşünmek

İnsanlar büyük düşün, büyük düşün, büyük olacaksın derler

Ama ben büyük, daha büyük ve daha büyük düşündükçe, inanılmaz derecede küçülüyorum

Göreceli dünyada, varlığım önemsizleşiyor

Bulunduğum yerde bile önemsizim, hayatın gerçeği bu

Kasabamda, ilçemde, eyaletimde ve ülkemde önemsizlik artıyor

Dünya düzeyinde gördüğümde, varlığım bile bir hiç haline geliyor

Güneş sisteminde, galakside, samanyolunda ve kozmosta, ben neyim, cevap yok

Tek gerçek hayatta olduğum ve bugün evimde ailemle birlikte yaşadığımdır.

Ne dünya ne de insanlık için hiçbir değeri, hiçbir önemi, hiçbir gerekliliği yok

Hayat denen tek yönlü nafile yolculukta, kendi yolumda, bulmam gereken

Yolculuğumu tamamladığımda, insanlar bedenimin üzerinde hareket etmeye devam edecekler

Sekiz milyarın arasında o kadar küçük ve görünmeziz ki, gururla ne söylenebilir ki?

Doğa Kendi Evrim Sürecinin Bedelini Ödedi

Doğa, evrim süreci için ağır bir bedel ödedi

Hayvanlar için homo-sapiens ortaya çıkana kadar hiçbir şey illüzyon değildi.

Ağaçlar, yaşayan krallık hiçbir çözüm aramadan mutlu bir şekilde yaşadı

Yeterli yiyecek, iyi su ve hava almak onları tatmin ediyordu

Ekolojik denge bu süreçte söz sahibidir ve parasal bir işlem söz konusu değildir;

İnsanın evrim sürecine girmesi her şeyi değiştirdi

Doğa, özünü ve dengesini korumak için her an mücadele etmek zorundadır.

İnsan konfor için tepeleri, nehirleri, körfezi, sahili, kıyı çizgilerini değiştirdi

Ama doğa ananın evrimini dengede tutmak için, asla

Uygarlık ve ilerleme adına, insan doğadaki her şeyi çarpıtıyor.

Dünya Günü

Dünya gezegeni güzeldir, karbon, hidrojen ve oksijenden oluştuğu için değil

Doğanın evrimi ve zekası sayesinde güzeldir

Küçücük atomlardan yaşamın nasıl oluştuğu hala büyük bir gizem

Kimse bilmiyor, yaşam sadece galaksinin bu gezegeninde olan bir olgu mu?

Ya da yaşam başka bir yerden bu gezegene kalıtsal olarak geldi.

Yaşamın güzelliği çeşitliliğinde ve ekosisteminde yatar

Kırılgan dengenin insan eliyle tahrip edilmesi gözle görülür ve nadir değildir

İnsanoğlu, zekası sayesinde dünyanın kendi tımarhanesi olduğunu düşünüyor

Diğer türlerle birlikte yaşamak için, homo-sapiens'in bilgeliği yoktur

Dünya Günü'nün birkaç saatliğine kutlanması insanların göz boyaması ve rastgele hareket etmesidir.

Dünya Kitap Günü

Matbaa çığır açan bir icattı

Bilgisayar, akıllı telefon ve internet kadar büyük

Basın, bilginin yayılması yoluyla uygarlığın seyrini değiştirdi

Kitaplar günümüzün internetine benzeyen taşıyıcılardı

Kitaplar, bilginin güneş ışınları gibi yayılmasında hayati bir rol oynamıştır;

Yeni teknolojilerin kitaplar üzerinde muazzam bir baskısı var

Yine de kitaplar tüm görsel-işitsel araçların saldırısına karşı dayanıklıdır

Yirmi birinci yüzyılda da kitaplar birer mülktür.

Kitapların önemi dijital format ve yapay zeka ile azalabilir

Ancak uygarlığın ve bilginin ilerlemesinde kitaplar konumlarını koruyacaklardır.

Geçiş Sürecinde Mutlu Olalım

Güneş karardığında ve nükleer füzyon sonsuza dek sona erdiğinde
Yapay zeka varlıkları dünya gezegeninde ne yapacak?
Çürümeleri ve çöküşleri de otomatik olarak başlayacaktır
Yapay zekalı yaratıklar güneş enerjisi olmadan pillerini nasıl şarj edecekler?
Küçük bir ücret almak için bir sokak köpeği gibi koşacaklar ve aç olacaklar
İnsanoğlunun soyu, güneşin kararmasından çok önce tükenebilir.
Yapay zeka tek başına bu fenomenle yüzleşmek ve eğlenmek zorundadır;
Eğer bazı büyük asteroidler güneş kararmadan önce dünyaya çarparsa
Yıkım birlikte gerçekleşecek, insan, yapay zeka ve tüm canlılar
Yapay zeka yaratıklarının asteroit çarpmasından sonra hayatta kalması da uzak bir ihtimal
Kendi seyrinde doğa yine başvuracak
Yeni canlı organizma evrim yoluyla yeniden gelecek
Daha iyi bir yeni dünya için, doğanın en iyi çözümü kesinlikle bu olacaktır
Bunlar gerçekleşene kadar, geçiş sürecinin tadını çıkaralım ve mutlu olalım.

Gözlemci Önemlidir

Kuantum dolanıklığında gözlemci en önemli unsurdur

Çift yarık deneyi, elektronların gözlemlendiğinde farklı davrandığını gösterdi

Rölativistik ve kuantum dünyasında, gözlemci olmadan olayın anlamı yoktur

Öyleyse, gözlemleyin ve varlığı ve gerçekliği hissedin, ben kendim için merkezim

Aynı şey türler ve ağaç yiyen böcekler için de geçerlidir

Benim bilincim olmadan, evrenin var olup olmadığı önemsizdir

Bilinci olmayan bir adam, hayatta olsa bile, yargılayabileceğimiz anlamlı bir şey yok

Kuantum dolanıklığının nedenini şimdiye kadar hiçbir bilim adamı açıklayamadı

Ancak evrendeki ve kozmostaki her şey görünmez bir zincirle birbirine dolanmıştır.

Yerçekimi, elektromanyetizma, nükleer kuvvetler, madde-enerji birleşmesi Tanrı'nın beyni olabilir.

Yeterli Zaman

İsa, Kral Süleyman ve İskender'in yeterince zamanı vardı.

Bu süre zarfında çok şey başardılar ve zamanında ayak izleri bıraktılar

İnsanların çoğu hız yarışında çok meşgul ve zamanları yok

Bazı insanlar ölümsüz olduklarını ve gelecekte büyük işler yapacaklarını düşünürler

Çok az insan sonsuz zamanın kendine özgü bir doğası olduğunu bilir

Bilim de bazen zamanın gerçekte ne olduğu veya gerçekten hareket ettiği konusunda kafa karıştırıcıdır

Ya da yerçekimi kuvvetleri gibi, başka bir boyuta akmadan

Uzay, zaman, madde ve enerjinin hepsi önemlidir, ancak zaman özgürdür

Ancak şehirde küçük bir daire satın almak için bile yüklü bir ücret ödemeniz gerekiyor

Vivekananda, Mozart, Ramanujan veya Bruce Lee olmak için zaten zamanınız var.

Yalnızlık Her Zaman Kötü Değildir

Bazen yalnızlık içinde daha derin düşünebiliriz
Zihin temizliğine konsantre olmaya yardımcı olur
İstenmeyen kalabalıklar ile zihin uyuşukluk hisseder
Ancak bazıları için yalnızlık tembelliği de beraberinde getirebilir
Bazıları için vizyon bulanıklığına da yol açabilir;
Yalnızlığı iç gözlem için bir araç olarak kullanın
Yalnızlık meditasyon için de gereklidir
Konsantre olursanız, sorunlara çözüm getirecektir
Yalnızken, asla herhangi bir ilaç veya sakinleştirici denemeyin
Arkadaşlarla dışarı çıkmak yerine, daha iyi bir ilaç
Yalnızlığı konsantrasyon ve yeni bir yön için kullanın.

Yapay Zekaya Karşı Ben

Bildiklerim, hepsi benim temel bilgim değil
Ne alfabeyi icat ettim ne de sayıları
Bildiğim dil beyin fonksiyonlarım tarafından yaratılmadı
Ateş, tekerlek veya bilgisayar da benim icadım değil
Edindiğim her şeyi başkalarından aldım.
Sosyalleşme de anne, baba ve akrabalardan alınır
Beynim sadece bilgisayarın sabit diski gibi bilgileri depoluyor.
Benimle yapay zeka bilgisi arasında sadece jilet inceliğinde bir fark var
Eşsiz fark benim bilincim ve özgünlüğümdür
Ve sürekli pozitiflik sayesinde edindiğim bilgelik.

Etik Sorusu

İlerlemenin her kavşağında, her zaman etik soruları gündeme getirdik

İster kürtaj, ister tüp bebek, isterse yeni yaşamın palyaçolaştırılması olsun

Savaşlarda sudan sebeplerle insan öldürmenin etik bir sorunu yoktu

Din adına binlerce insanın katledilmesinde etik bir sorun yok

Ancak çığır açan bilimsel ve teknik gelişmeler için etik

Çelişkileri ve etik dışı davranışları nedeniyle tüm dinler aptaldır

Bilgisayarlar, robotlar ve internet işgücü için tehdit olarak değerlendirildi

Ancak nihayetinde, tüm bunlar daha hızlı geliştirme ve verimlilik kaynağı için araçlar haline geldi

Yapay zeka ve genetik yoluyla ölümsüzlük artık sorgulanıyor

Yirmi otuz yıl sonra herkes yapay zekanın sağlam olmadığını söyleyecek.

Bilmiyorum.

Daha hızlı ve daha hızlı hareket ediyorum, neden hareket ettiğimi bilmeden

Tek bildiğim her dakika yaşlandığım ve günden güne öldüğüm

Farkında değilim, bilmeden nereden geldim ve şimdi gidiyorum

Kara kutunun içinde, sınırlı bilgi ve birikime sahibim

Kutunun dışında, kimse gerçekte neler olduğunu bilmiyor

Ne bilimin ne de dinin kesin bir kanıtı vardır

Ama temel yaşam içgüdüsü beni daha hızlı ve daha hızlı hareket etmeye zorladı.

Yolculuk önceden belirtilmeksizin her an durabilir

Ya da yetmiş, seksen veya yüz yıl boyunca yoluma devam etmek zorunda kalabilirim.

Ama sonunda, yolculuk yalnız mezarlıklarda tamamlanacak.

Biliyorum, Fare Yarışında En İyisiydim

Biliyorum, en iyi yüzücüydüm ve okyanusu geçtim.
Milyonlarcası arasında en güçlü ve en kudretli bendim.
Yani bugün, yarışçıların kıstasına göre, başarılıyım
Bu dünyadaki ışığı görmeden önce fare yarışı başladı.
Bu yüzden sıçan yarışı genel olarak insan katına bağlanmıştır
Fare yarışının dışında olan herkes, insanlar cesur düşünmez.
Fare yarışını kazananların başarı öyküleri gururla anlatıldı
Yine de Buda ve İsa gibi birkaç farklı hikaye vardır
Bu yüzden onlar farklı bir sınıftan insanüstü varlıklardır.
Onlar insanlığın ve fare yarışı yapan kitlenin mesihidir.

Geleceğinizi Yaratın

Kimse benim geleceğimi yaratmayacak.
Bugün işle birlikte oluşturmam gerekiyor
Gelecek belirsiz ve öngörülemez olsa da
Yarın için temel oluşturmak basittir
Eğer bugün misyonumuz ve hedefimiz için çok çalışırsak
Yarın daha fazla fırsatla geliyor
Yarından sonraki gün her zaman sürekliliğe ihtiyaç duyar
Tanrı kendilerine yardım edenlere yardım etsin, sanal değil
Gelecek geldiğinde, gerçek olduğunu hissedeceksin
Öyleyse, bugün geleceğinizi eğlence ve şevkle yaratın.

İhmal Edilen Boyutlar

Canlı varlıklar olarak ışık, ses ve ısı ile daha çok ilgileniriz

Elektromanyetizma, yerçekimi, güçlü ve zayıf nükleer kuvvetler hakkında daha az endişeli

İnsanlar Güneş'e dua ederler, çünkü Güneş birincil enerji kaynağıdır

Nehirlere ve yağmur tanrısına tapan insanlar maddenin önemini gösteriyor

Ancak tüm boyutlar arasında, uzay ve zaman daha düz kalır

Temel dört güç ilkel insanların kavrayışının ötesindeydi

Aksi takdirde, ibadetleri ve duaları daha yerinde ve daha iyi olurdu.

Kültürlerin çoğunda madde ve enerji tanrısı ve tanrıçası vardır

Yine de, en önemli boyutlar olan uzay ve zaman için Tanrı ya da tanrıça yok

Canlı varlıkların varoluşu için her iki boyut da asaldır.

Hatırlıyoruz

Hayatın tüm kötü olaylarını hatırlarız
Bu konuda insanlar daha iyi ve uzmandır
Çok az kişi iyi niteliklerimizi ve erdemlerimizi fark eder
Biz bile güzel anılarımızı unuttuk
Hafıza eski trajedileri hatırlamakla meşgul
İnsanlar ayrıca kıskançlık yüzünden başkalarını takdir etmezler
Yani, başarılı komşuları tanımak ve onlardan öğrenmek için merak yok
Ama diğer insanların hataları bizi mutlu etti.
Kötü haber çok hızlı ve mutlu bir şekilde insanlara dağıtıldı
Başkalarının niteliklerinin dedikodusunu yapan birini hiç görmedim.
İnsan zihni her zaman geçmişteki tutarsızlıkları geri getirmeye meyillidir
Kötü şeyleri ve kötü anıları geride bırakmak zor bir iştir
Mutluluk, huzur ve başarı için kötü anıları silmek gerekir.

Özgür İrade

Bilinçli zihin ve özgür irade ile bir şey yapsak bile
Sonuç veya netice belirsizdir ve istenildiği gibi olmayabilir
Bu yüzden Hinduizm der ki, asla çalışmanın meyvesini beklemeyin
Sadece özgür iradenizle ve etkin bir bağlılıkla yapın
Belirli bir sonuç beklemek özgür irade kararını sulandırır;
Bir ağaç dikmeden önce meyve için ayartma olabilir
Ancak ekim isteği ve arzusu bilinçli ve özgür olmalıdır
Fidanı yok edebilecek fırtınalar hakkında çok fazla düşünürseniz
Kendi belirsiz hayatınızı düşündüğünüzde, zihniniz kazmayı durdurmak için oturacaktır
Hatta özgür irade de gizlenen belirsizlik tarafından yönetilir.
Bazen buna kader deriz, bazen de alın yazısı.
Ancak eylem ve çalışma olmadan yenilgiyi kesin olarak kabul edersiniz.

Yarın Sadece Bir Umuttur

Yarın ne olacağını kimse bilemez
Eğer hayatta değilsem, birkaç yüz üzüntüsünü ifade edecek
Diğerleri huzur içinde yatsın diyerek yollarına devam edecekler.
Kendi kanın dışında, kimse özlemeyecek
Hayatın gerçeği çok basit ve açıktır
Ölmekten ve veda etmekten korkma
Yaşamın son armağanı zenginlik değil, ölümdür
Bir gün tüm arkadaşlarım ve tanıdıklarım ölecek
Onları sonsuza dek kurtarmak için, boşuna çabalayacaksın
Doğum anında, gerçeği bilen bir çocuk ağlar.

Olay Ufku'nda Doğum ve Ölüm

Doğum günüm dünyada galaksiler hakkında konuşulmayan bir olay değildi.

Buda'nın, İsa'nın, Muhammed'in doğumu bile bir olay değildi.

Ölümüm de doğumum kadar önemsiz olacak.

Ne Assam, Hindistan, Asya duracak ne de Amerika yavaşlayacak

Diana'nın ve İngiliz Kraliyetinin ölümü üzerine dünya bile olağan akışına devam ediyor

Doğumum için pişmanlık yok, ölümüm için de olmayacak.

Okyanusun gelgitleri gibi, geldik ve birkaç dakika sonra gidiyoruz

İzler, ayak izleri sadece sevdiklerinin aklında kalır

Bu gözlemcilerin de ayrıldığı yerde, olay ufkunda varlık yoktur

Kuantum ve paralel evrenin hayatı daha iyi temsil edeceğini ummayın

Nihai Oyun

Big-Bang'in en büyük sesini ve en parlak ışığını duydum.

Bu yeni bir hayatın başlangıcıydı, ağlayan bir çocuğun doğumuydu.

Çift yarık deneyinde kanıtlandığı gibi gözlemci önemlidir

Gözlemcilerin varlığı olmadan, yeni doğan için Big-Bang geçerli değildir

Yeni doğan bir bebeğin doğumu, bir anne için Big-Bang kadar önemlidir

'Çocuk erkeğin babasıdır' sözü her yerde daha popülerdir.

Big-Bang herhangi bir gözlemci olmadan asla açıklanamazdı

Her teori veya hipotez için bir gözlemci baba olmalıdır

Madde enerji dönüşümü ve tersi homo sapiens gelmeden önce başlamıştır.

Bir formdan diğerine dönüşüm doğanın nihai oyunudur.

Zaman, Gizemli İllüzyon

Geçmiş ve gelecek her zaman bir yanılsamadır
Geçmiş, zamanın seyreltilmesinden başka bir şey değildir
Gelecek sadece bir zaman beklentisidir
Şimdiki zaman sadece çözüm için bizimle
Eğer harekete geçmezsek, hiçbir şey belli etmeden yok olup gidecektir;
Geçmişe göz attığımızda zamanın bir ivmesi yoktur.
Geçmişin etki alanı ve tarihi çok geniş olsa da
Geleceğe bakamayız, o halde nasıl bir ivme olabilir?
Şu an sadece bizim elimizde, her zaman optimum
Geçmişi, bugünü ve geleceği parçacık kuantumu aracılığıyla gözlemliyoruz.

Tanrı Öz İradeye Karşı Çıkmaz

Ulus, din adına öldürmek suç ya da günah sayılmaz

O zaman din adına kendini öldürmek nasıl kötü olarak adlandırılabilir?

İntihar eden insanların günahkâr olduğuna dair hiçbir kanıt yoktur

Birinin acı ve ıstıraptan kurtulması için kendini öldürmesi kazançlı olabilir

İsa çarmıha gerildiğinde, cahil insanlar için dua etti

Dünyayı terk edersen acı ve sefalet dışında, sorun olmamalı

Ölümden sonra, bu dünya ölüler için önemsizdir

Sadece bazen, yakınlarınız ve sevdikleriniz üzülür

Meşru müdafaa için öldürme suç olarak kabul edilmiyorsa

Acı ve ıstıraptan korunmak için kendini öldürmekte bir sorun olmamalı

Kolaylık olsun diye ölümü farklı kıstaslarla ölçemeyiz

Olgunlaşmış yetişkin kendi iradesiyle ölürse, Tanrı'nın direnmesi için hiçbir neden kalmaz.

İyi ve Kötü

Zorunluluk icadın anasıdır
Her icatla birlikte, ihtiyat da vardır.
Yürümek ve koşmak sağlığa iyi gelir
Bazı insanlar spor salonları aracılığıyla zenginlik yaratıyor
Bisiklet uygarlığa daha hızlı hareket etmek için geldi
İnsanlar iki tekerlek üzerinde nasıl hareket ettiğine şaşırdı
Kısa bir süre içinde bisikletler merak edilen bir şey olmaktan çıktı.
On dokuzuncu yüzyılda bisiklet sahibi olmak gurur vericiydi.
Günümüzde bisikletler fakir erkeklerin bineği olarak görülüyor.
Otomobil ve motosiklet bisikleti arka sahneye itti
Ancak sağlıklı bir araç olarak, konumu, bisiklet hala
Yakıt yok, kirlilik yok, park yeri gerekmiyor
Kalabalık yerlerde bisiklet artık yeniden teşvik ediliyor
Sıfır karbon emisyonu ile insanlık için harika bir icattı
Daha fazla bisiklet kullanımı hava kalitesinin iyileştirilmesine yardımcı olacaktır
Plastik hafif olduğu için iyidir ve kırılmaz
Ancak doğada plastik ve polietilen biyolojik olarak parçalanamaz
Polietilen ve plastik doğal su kütlelerini sefil hale getirdi
Deniz hayvanlarının midesinde polietilen bulunması korkunç
Cam iyi ancak kırılgan ve taşıması zor
Bu yüzden plastik hikayeyi kolayca çalabilir
Fast food kötüdür, ancak polietilen olmadan hareket edemez
Plastik olmadan uçak ve otomobil endüstrisinin umudu yok

Polietilen ve plastik Covid19 döneminde bize ucuz eldiven sağladı
Aksi takdirde, ölüm farklı bir kayda dokunurdu.
Her icat ve keşfin iyi ve kötü iki yüzü
Mantıklı yaklaşım ve optimum kullanım kaçınılmaz bir gerekliliktir.

İnsanlar Sadece Birkaç Kategoriyi Takdir Ediyor

İyi bir şarkıcı değilseniz kimse sizi tanımayacaktır

Bir aktör ya da performans sanatçısı değilseniz tanınmayacaksınız

Politikacı olmadığınız sürece insanlar sizin iyi fikirlerinizi dinlemeyecektir.

Eğer bir sihirbazsanız, bazı insanlar sizi görmeye gelecektir.

Tanrı ve din adına insanları kandırsanız bile, siz büyüksünüz

Bahse girdiğiniz sıkı çalışma ve dürüstlük için takdir yok

Daha iyi futbol veya kriket oynayabilirseniz takdir edileceksiniz

Bot iyi yazarlar ve şairler, birkaç çalışkan insan sadece hatırlar

Tüm hayatınızı insanlar için çalışarak geçirmiş olsanız bile, bunun pek önemi yok

Kovanın çalışkan bal arıları gibi bir gün öleceksiniz

Bazen hayat arkadaşınız tarafından bile hatırlanmayabilirsiniz.

Daha İyi Yarınlar İçin Teknoloji

Teknoloji her zaman daha iyi bir yarın ve gelecek içindir

Din ile birlikte teknoloji de kültürü şekillendiriyor

Din, kültür, teknoloji ve ekonomi artık koloidal bir karışımdır

Teknoloji olmadan, uygarlığın yapısı çok zayıf olacaktır.

İnsanlığın ilerlemesinin daha ileri gitmesi imkansız olacaktır.

Yine de teknoloji her zaman iki ucu keskin bir kılıçtır

Bazı cümleler, kelimeyi yorumladığımız gibi iyi veya kötü olmak üzere çift anlamlıdır

Silah, dinamit, nükleer bombalar teknolojinin tehlikeli olabileceğini kanıtladı

Hükümdarlar ve krallar her zaman öfkelenerek onları kötüye kullandılar.

Rasyonellik ve bilgelik, insan teknolojiyle başa çıkmayı öğrenmelidir

Ancak şimdiye kadar insan DNA'sı ego ve kavgacı bir zihniyet edinmiştir.

Teknolojinin ego, kıskançlık ve açgözlülüğü tatmin etmek için kullanılması uygarlığı tamamen yok edecektir.

Yapay ve Doğal Zekanın Füzyonu

Yapay zekanın biyolojik zeka ile birleşmesi tehlikeli olabilir

Gelecekte yapay zekanın bilinç kazanması insanlık için ciddi sonuçlar doğurabilir

Biyoçeşitlilik için doğal zekanın korunması değerlidir

Yapay ve doğal zekanın birleşmesi evrimin yolunu değiştirecek

Yıkım süreci hızlanacak ve sonrasında hiçbir çözüm kalmayacaktır;

Yapay zeka savaş, şiddet ya da eşitsizlikleri ortadan kaldıramayacak

Daha ziyade füzyon sürecinde, yapay zeka tüm kötü nitelikleri kazanacaktır

Kıskançlıkları, nefretleri, egoları ve olumsuz tutumları olan bir robot değerli olmayacaktır

Farklı yapay zeka klonları arasındaki çatışmaların nihai sonucu açıktır

Nükleer bombaların kullanımı üstünlük için günün emri haline gelebilir

Lütfen yapay ve doğal zekanın hukuki ehliyet yoluyla birleştirilmesini durdurun.

Farklı Bir Gezegende

Hayatınız altmış yaşında başlıyor, ama farklı bir gezegende

Sana doğru, aile mıknatısı zayıflar

Yerçekimi kuvveti daha güçlü hale gelir, bu yüzden yükseğe zıplayamazsınız

Koştuğunuzda boğazınız hızla kurur

Bir ağaca tırmanıp elma koparmaya çalışmamalısınız

Daha zayıf manyetik kuvvet nedeniyle, enerji gereksinimi daha azdır

Böylece, gıda alımınız ve yüksek kalorili malzemeleriniz azalır

Kulak ve burun halkaları olan genç erkeklerle tanıştığınızda

Eski güzel gençlik günlerin, hafızan getiriyor

Kimse sizin bilgeliğinizi ve güzel hikayelerinizi dinlemek istemiyor

Defterinize tatlı anılarınızı yazmaya başlıyorsunuz

Facebook profiliniz sadece arkadaşlarınız tarafından ziyaret edilecek

Çünkü onlar da sizin gibi aynı trendlerle karşı karşıya

Yaşadığınız gezegen, altmış yaşından sonra farklı bir gezegen haline gelir.

Yirmi yaşındaki hayatınızla hiçbir şekilde karşılaştırılamaz, eşitlik yoktur.

Yıkıcı İçgüdü

Yıkıcı içgüdülerle dolu yalvaran insan zihinlerinden
Yakındaki klan ya da kabileleri yok etmek ve öldürmek hayatta kalma taktiğiydi
İstilacı ordu her zaman yıkımı en üst düzeye çıkarmaya çalışmıştır.
Böylece mağlup edilen insanlar zamanı geldiğinde açlıktan ölür.
Savaş, öldürme, kölelik insan uygarlığının ayrılmaz bir parçasıydı;
Komşulardan daha güçlü olmak hala yaygındır
Üstünlük kompleksi egosu her zaman savaş zehiri salgılar
İnsan zihni yapay zeka yaratacak kadar ilerlemiş olsa da
Hala yıkıcı zihniyete hayır diyemiyorlar güle güle
Aynı zihniyet, bir gün, yarattıkları yapay zeka
Bu gezegendeki insan uygarlığı sonsuza dek yok olacaktır.

Şişman İnsanlar Genç Ölür

Sumo güreşçileri hantal oldukları için uzun yaşamazlar.

Büyük yıldızlar da ağır oldukları için çok uzun süre hayatta kalamazlar.

Kendi çekim güçlerinin içeri doğru çekmesi nedeniyle çökerler

Yerçekimsel çöküş yıldızlararası maddeyi füzyonu ateşlemeye zorlar

Bazı bilim insanları evrenin bir yanılsamadan ibaret olduğunu söylüyor.

Canlılar neden ve ne amaçla geldiler, çözüm yok

Tanrı parçacığı ve Tanrı denklemi hala uzak bir hayal

Tanrı var olsa bile onu bulmak çok zayıf bir ihtimaldir.

Varlığımız bir şey için geldi ya da hiçbir şey sadece olasılıktır

İyi olan şu ki, temel güçler tarafgirlik yapmaz.

Çoklu Görev Tedavi Değildir

Akıllı telefon pek çok faaliyeti gerçekleştirebilir, ancak canlı bir şey değildir

Ağaç sadece fotosentez denilen tek bir şeyi yapabilir, ama o yaşayan bir varlıktır

Çoklu görev tek başına birini veya bir şeyi varoluş için üstün kılamaz

Ağaç tek besin ve oksijen kaynağıdır, ancak ağaçların kesilmesine karşı direnç yoktur

Her yıl milyonlarca ağaç tarımsal ve konut amaçlı olarak kesildi

Ancak bilim insanları gıda üretmek için alternatif bir klorofil kaynağı önermediler

Seminerlerde ve atölye çalışmalarında, ağaç kesimi sorunu akıllıca bertaraf edilmektedir.

Sonuç olarak, giderek daha fazla felaket, doğa yavaş yavaş

Küresel ısınmayı ne akıllı telefonlar ne de yapay zeka azaltabilir

Yok olan ormanı yenilemek için insanoğlunun daha fazla fidan üretmesi gerekiyor.

Ölümsüz Adam

Hayvanlar ölümlü olduklarının farkına varmaz ve bunu hissetmezler
İçgüdüleri o kadar hayvani ki, organlarını tatmin etmek için
İnsanların çoğu da ölümlü olduklarının farkında değildir
İşte bu yüzden insanlar açgözlü, yozlaşmış ve savaş taciridir
Sosyal olarak yaşamanın temel amacı artık daha zayıf hale gelmiştir
Bugünlerde açlıktan ölen insan sayısı daha az.
Şiddet ve savaş yüzünden giderek daha fazla insan ölüyor
Sanki temel savaşma içgüdüsüne, yüce hayvan da teslim olmuş gibi
Köpekler ve kediler gibi insanlar da komşularına karşı tahammülsüzleşiyor
İnsanlar onun ölümlü olduğunu ve sınırlı bir süre için dünyada bulunduğunu fark etmedikçe
O her zaman bencil ve açgözlü kalacaktır ve onun için suç işlemek sorun değildir.
İnsanoğlu binlerce yıldır hile veya sahtekarlıkla servet edinmeye çalışıyor
Ayrıca, çok değerli olduğu için fiziksel bedenini korumaya da çok çalıştı.
Ölürken, o anda bile, çoğu insan gerçeği fark etmez
Arı kovanındaki bir arı gibi, düşer ve başkalarının yiyeceği için bal bırakarak ölür.

Tuhaf Boyut

Zaman boyutu gerçekten garip
Sadece görelilik değişebilir
Boşta ve başarısız olanların zamanı yoktur
Başarılı olanlar için yirmi dört saat yeterlidir
Asla ölmeyeceğini düşünen, her zaman kıtlık içinde
Ama bu gece ölebilirim diye düşünenlerin depolarında çok şey var
Zaman zengin ve fakir arasında asla ayrım yapmaz
Kast, inanç, din hiçbir şeyin önemi yok zamanın özünde
Herkes için zamanın hızı eşit ve aynıdır
Ayak izinizi zamanında tutmak için zamanında oyun oynamalısınız.

Hayat Sürekli Mücadeledir

Hayat her zaman sürekli bir mücadele yoludur

Her an sorunlarla yüzleşmek zorundayız

Engeller küçük, büyük veya korkunç olabilir

Baskı altında sağlam durun ve boyun eğmeyin

Eğer savaşmayı bırakırsanız, moloz olursunuz

Gerektiğinde geriye doğru hareket edin ve top sürün

Bir sonraki an, ilerlemenizi görünür olarak göreceksiniz

Her sorunla cesaretle yüzleşin, ama alçakgönüllü olun

Güvenle birlikte, sorunların üstesinden gelme kapasitesi iki katına çıkacaktır

Asla unutmayın, hayat bir hava kabarcığı gibi çok kısa.

Daha Yükseklere Uçun, Gerçekliği Hissedin

Gökyüzünden baktığımızda
Büyük evler gittikçe küçülüyor
İnsanlar bakteriler gibi görünmez olurlar.
Ama uçmaya başladığımızdan beri varlar.
Güçlü bir teleskop kullanarak bunları hala görebiliriz
Sadece bizim konumumuz bir uzay aracına göre
Yüksek irtifadaki şeyleri görmezden gelmek zihin için kolaydır
Zihninizi daha yüksek bir seviyeye genişletin, büyütün
Asla karşılaşmayacağınız küçük ve önemsiz şeyler
Olumsuz insanlar, asla selamlaşmaya gelmeyecekler.
Genişlemiş ve güçlenmiş zihinle sadece uçun
Ve çiçekten çiçeğe nektar toplamak için
Gül, yasemin ve daha fazlasının kokularının tadını çıkarın
Bir gün, aksi takdirde de, her şeyi saklayarak öleceksin
Öyleyse neden uçmuyorsunuz ve balın tadını çıkarmıyorsunuz, dünya sizin.

Hayatla Başa Çıkmak İçin

Hayatla başa çıkmak için saçların beyazlaması yeterli değil

Yaşlılar için modern teknoloji zorlu bir süreçtir

Bugünün teknolojisi ertesi gün demode oluyor

Gelecek ay ne olacağını teknoloji uzmanı bile söyleyemez

İnsan beyninin verileri özümseme ve saklama kapasitesi sınırlıdır

İnsan DNA'sına ilişkin bilgi evrimsel zincir yoluyla gelir

Bir robot gibi, zeka insan beynine yüklenemez

Bir çocuğu düzgün bir şekilde eğitmek için çok zaman ve sabır gerekir

Yapay zeka bilinç ve duygularla birleştirilirse

Biyolojik gelişim ve evrimin hiçbir amacı olmayacaktır.

Bu durum insan beyninin yavaş yavaş çürümesine ve insanlığın gerilemesine yol açabilir.

İnsan hayatını daha konforlu hale getirmek için yapay zeka en iyi çözüm olmayabilir.

Biz Sadece Atom Yığınları Mıyız?

Bizler protonlar, nötronlar, elektronlar ve bazı temel parçacıklardan oluşan bir yığın mıyız?

Kayalar, denizler, okyanuslar, bulutlar, ağaçlar ve diğer hayvanlar da basit birer yığın mıdır?

O zaman neden bazı yığınlara solunum, yaşam ve bilinç veriliyor?

Aynı atom kombinasyonunda bazı hayatlar masum, bazıları ise tehlikelidir;

Ne Tanrı parçacığından ne de çift yarık deneyinden cevap yok

İki parçacık milyarlarca kilometre ayrılmış olsa bile neden ve nasıl dolaşıktır?

Sadece atom kombinasyonlarının kümülatif etkilerini mi gözlemliyoruz?

Ancak hala, temel soruyla ilgili olarak karanlıkta yürüyoruz

Yüce Tanrı, ancak bize mükemmel bir çözüm sunduğunda bilim tarafından kafeslenebilir ve sürgüne gönderilebilir.

Zaman Çürüme ya da Varoluşsuz İlerlemedir

Zaman, sürekli bir çürüme veya ilerleme sürecinden başka bir şey değildir

Kendi başına zamanın ne varlığı vardır ne de zamanın sahip olabileceği bir şey

Zaman geçmişten bugüne ve geleceğe doğru akmıyor olabilir

Zamanı bu şekilde kavramak beynimizin doğasında vardır.

Kaplumbağa üç yüz yıl geçse bile geçmişi bilmez.

Gelecek için, iki yüz yaşındaki balina asla bir plan yapmaz ya da bir güven oluşturmaz

Zaman ölçümü göreceli bir süreçtir, yavaş çürüme sürecini tanımlamak için

Ancak milyonlarca yıl boyunca dağlar ve okyanuslar

İnsan beyni yüz yirmi yıldan sonra zamanı kavrayamaz

Zaman akmıyor, çürüyor, aklımızın tek korkusu: bugün şerefe.

Firavunlar

Mısır Firavunları bilge ve gerçekçiydi

Hayatın her an durağanlaşabileceğini çok iyi biliyorlardı.

Firavunlar taç giydikten hemen sonra piramit inşa etmeye başladılar

Onlar için ölümsüz olmaya çalışmak pratik bir çözüm değildir

Sevdiklerinin bir anıt inşa edeceğini asla ummazlar

Yaşam boyunca kendi mezarını inşa etmek daha uygundur

Hindistan'da da eski zamanlarda yaşlı insanlar ölümü karşılamak için Himalayalar'a giderlerdi

Mahabharata savaşını kazandıktan sonra Pandavalar da aynı yolu izledi

Birçok bilge ölümsüz olmak için çeşitli hileler ve yollar denedi

Ancak ölümün nihai gerçek olduğunun farkına vardı ve rasyonel davrandı.

Yalnız Gezegen

Sevgili dünyamız güneş sisteminde yalnız bir gezegendir.

Yerleşime ve oksijenli biyolojik yaşama uygun

Milyonlarca yıllık evrim bizi bilinçli bir insan yaptı

Ama yalnız gezegende, insanoğlu için yalnızlık vardır

Yeryüzünde sekiz milyar yaşayan homo sapiens olabilir

Bireyler zengin ve akıllı olduktan sonra bile hayatlarında yalnızdırlar

Hep sosyal bir hayvan olduğumuzu iddia ederiz, ama aslında oyun bencilliktir

Açgözlülük, egolar ve üstünlük kompleksi bizi yalnızlaştırdı

Herkes son yolculuğu tek başına yapmak zorunda kalacağını da biliyor.

Neden Savaşa İhtiyacımız Var?

Modern zamanlarda neden savaşa ihtiyacımız var?
Komünizm zaten neredeyse öldü
Irk ayrımcılığı yavaşlıyor
Kirlilik ve doğa tahribatı zirvede
Teknoloji tüm ırklardan ve dinlerden insanları birleştiriyor
Ancak yıkıcı zihniyet nedeniyle uygarlığın geleceği karanlık
Savaş kışkırtıcılığının insan DNA'sı, her zaman başı çeker
İnsan vücudundaki barış yapıcı DNA çok zayıf
Ne Tanrı ne de bilim savaş ve ölümleri durdurmayı başaramadı
Gelişmiş ülkeler hala silah satmakla meşgul
Yoksul ve aptal uluslar savaş alanı haline gelir
Her an nükleer bir bombanın en büyük yarayı açmasından korkuluyor.

Kalıcı Dünya Barışından Vazgeçin

Binlerce yıl önce bize şiddetsizliği öğretti.

Huzurun ve sessizliğin önemini fark etti

Ama Buda'nın takipçileri olarak şiddete devam ettik.

İsa, cinayetleri ve zulmü durdurmak için hayatını feda etti

Onun öğretileri de artık değerlerimizden sessizce silinip gitmiştir.

Teknoloji aynı zamanda insanları kalıcı olarak birbirine entegre edemedi

Kalıcı barış ve kardeşlik hala uzak bir hayal

Kast, ırk ve din için şiddet başlatmaya herkes heveslidir

Kuantum dolanıklığı, nefreti, açgözlülüğü, kıskançlığı ve egoyu açıklayamadı

Çözüm teknolojiden gelmedikçe, dünya kalıcı barıştan vazgeçmelidir.

Kayıp Halka

Pastayı hem yiyip hem de yiyemezsiniz
Bu doğa kanunlarına aykırıdır.
Ne geçmişinize ne de geleceğinize gidebilirsiniz
Hem Tanrı'ya hem de Darwin'e inanmak ikiyüzlülüktür
Her iki hipotezin de doğru olamayacağını hepimiz biliyoruz.
Yine de, soruyu mantıklı bir sonuca bağlamak için
İnsanlar her iki hipotezi de uygunluğa göre yorumlar
Ancak böyle bir hipotez asla doğru olamaz ya da bilim
Darwin'in kayıp halkaları hala kayıp
Bu nedenle insanların çoğu Tanrı'ya dua eder ve bereket arar.

Tanrı Denklemi Yeterli Değil

Kedi kutuda ölmek yerine yavru bir kediyle dışarı çıktı.
Kimse kedinin hamileliğini fark etmedi ya da test etmedi
Schrödinger kediyi kutuya koydu, dakika gözlemleri olmadan
Tahminlere ilişkin belirsizlik daha karmaşıktır
Kedinin ölü ya da diri olması tek soru değil
Kuantum Fiziği çok fazla görüş ve çözüm sunmalıdır
Kedi birkaç bebek doğurmuş olabilir
Kutu açıldığında çok azı ölüydü, çok azı yaşıyordu
Tanrı denkleminin ve Tanrı parçacığının cevabı yeterli değildir
Evrenin varlığı sorusunu çözmek çok zordur.

Devajit Bhuyan

Kadınların Eşitliği

Zevk uğruna yalnız bir kadına vahşice davranıyorlar.

Bazen üç, bazen dört ve bazen daha fazla

Hayvani içgüdü en kötü haliyle femme fatale'i ezmek için

Para için, sivil özgürlük adına, kadının ruhu yok edilir

Ve onlar insanlığın ve medeniyetin meşale taşıyıcıları olduklarını iddia ettiler

İnsanların düşünme sürecinde rasyonellik ve modernlik yok

Üstünlük kompleksi, egolar ve özgür irade altında her şeyi meşrulaştırmak

Ve kendi topraklarında ve kültürlerinde kadınların eşitliğini talep eder

Peçeleri kaldırdığınızda, kadın ticaretinin boyun eğmiş gerçeğini görebilirsiniz

Hayvan içgüdüleri için sömürü, vahşet, insanlık dışı muamele göz kırpıyor.

Sonsuzluk

Sonsuzluk eksi sonsuzluk sıfır değil, sonsuzluktur.
Sonsuzluk kelimesi insanlık için garip bir kelimedir
Sonsuzluk kavramı sadece homo sapiens ile sınırlıdır
Diğer tüm canlı varlıklar sonsuz evrenden rahatsız değildir
İnsanlar arasında sonsuzluk kavramı çok çeşitlidir
Beynimizin kavrayamadığı gibi, sayıların sayısı sonsuzda biter.
Ancak galaksiler ve yıldızlar için sonsuzluk sınırsızlık anlamına gelir.
Sınırın ötesinde, beynimiz ve bilim adamları
Tanrı kavramı geldiğinde, sonsuzluğun tekillik tabanı vardır
Sonsuzluk olmadan, matematik ve fizik harmana gidecektir.

Samanyolu'nun Ötesinde

Kozmosun veya evrenin ne kadar büyük olduğu insan beyninin kavrayabileceğinin ötesindedir

Hız ve zaman engelleri bizi yerel bölgemiz olan Samanyolu galaksisi içinde tutacaktır.

Samanyolu bile o kadar büyüktür ki, tüm köşe ve bucaklarını keşfetmek imkansızdır

İnsan hayatının bilim ve yapay zeka tarafından ahlaksızlaştırılması da kısa sürecek

Araştırmayı ve seyahati tamamlamadan önce, güneşimizin kendisi sonsuza dek kararacak ve sönecek

Samanyolu galaksisinin ötesini bir zaman boyutunda keşfetmeye çalışmak saçmadır

Bunu yapmak için, hayatımız zaman ve mekan sınırlarının dışında olmalıdır.

Maddelerin ve galaksilerin bu sonsuz varlığının nasıl ortaya çıktığı garip bir oyundur.

Evrenin karanlık maddesi ve bunun nasıl ortaya çıktığı konusunda hala karanlıktayız

Astronomi ve Samanyolu'nu keşfetme yolculuğu sonsuz uzunlukta olacaktır.

Teselli Ödülüyle Mutlu Olun ve Yolunuza Devam Edin

Hiçbir şey benim kontrolümde değildi, hiçbir şey benim kontrolümde değil ve hiçbir şey benim kontrolümde olmayacak.

Yine de konsolidasyon ödülünden her zaman memnun kaldım

Büyük bir düşüşten sonra bile tekrar tekrar ayağa kalktığımda

Kraldan ya da dostlarımdan beni yola sokmaları için hiç yardım istemedim

Sadece kendime ve yeteneklerime güveniyorum

Birçok insan beni tekrar tekrar aşağı çekmeye çalıştı

Onlara güldüm, çünkü çabaları boşa gidecek

İstekleri ve çabaları üzerinde de asla kontrol sahibi olamazlar

Kendi hayatlarını anlamlı ve harika kılamadıklarında

Şimdiki ve gelecekteki faaliyetlerimi nasıl engelleyebilirler?

Değerli yaşam zamanlarını boşa harcamaktan mutlular

Dedikodu ve bacak çekiştirme, işe yaramaz bıçak gibi boş erkeklerin yoldaşıdır.

Covid19 Tokalanamadı

Kovid19 insan uygarlığını ve ruhunu çökertmeyi başaramadı

Böylece insanlar insanlığın karşılaştığı felaketi çabucak unuttular.

Aniden hayatını kaybedenleri artık kimse hatırlamıyor

İnsanlar yine günlük hayatlarıyla çok meşguller, geriye dönüp bakacak zamanları yok

İnsanın açgözlülüğü, egosu, nefreti ve kıskançlığı olduğu gibi kaldı

Bir toplum veya insan grubu olarak ortak bir ders çıkarılmaz

İnsanoğlunun bu zihniyeti gerçekten garip ve şaşırtıcı

İyi olan şey, gösterinin herhangi bir kesinti olmadan devam ediyor olması.

En kötü felakette hayatta kalmak için, insanlık için en iyi çözüm budur

Bırakın uygarlık doğal seleksiyon yasasını izleyerek yoluna devam etsin.

Zihniyet Fakiri Olmayın

Banka bakiyeniz zayıf olabilir, ama asla zihniniz zayıf olmasın

Her an, her yerde servet ve parayı kolayca bulabilirsiniz

Başarı merdivenlerini tırmanmak için en önemli şey tutumdur

Tırmandıktan sonra her platformda, dolu kutularda ham elmaslar bulacaksınız

Gerçek hayatta peri masallarındaki gibi sihirli bir lamba yoktur, ham elmasları kesmeniz gerekir

Merdivenin bir sonraki platformunda, elmasın parlatılması gerçekleştirilmelidir

Tutumunuz olumsuzsa, asla yüksek irtifaya tırmanamazsınız

Himalayalar'ın dibinde bir yoksul olarak kalacaksın.

Arkadaşlarınız ve komşularınız başarılı olduğunda, siz de şaşıracaksınız

Ama denizin derinliklerinden inci toplarken çektikleri acıları kimse fark etmedi.

Büyük Düşün ve Sadece Yap

Düşündüğünüzde, büyük düşünün ve sadece yapın

Fikri ye, fikri iç, fikri hayal et

Fikrinizi gerçeğe dönüştürmenize hiçbir şey engel olamaz

Özveri ile çok çalışın ve fikrinizin üzerinde sağlam bir şekilde durun

Büyük fikirleriniz ve planlarınızla uyuyun

Yeni yol ve sorunların çözümleri sabah gelecek

Her yol ayrımında, şüpheler ve kafa karışıklığı olabilir

Ancak azimle hızlı bir şekilde çözüm bulacaksınız

Eleştiriler karşısında çılgın hayalinizden ve fikrinizden vazgeçmeyin

Başarılı olmadan ve zirveye ulaşmadan önce, her zaman sinizmle cesaretiniz kırılacaktır.

Beyin Tek Başına Yeterli Değildir

Zeka ve bilinç için beyin gereklidir

Ancak duygulara ve bilgeliğe sahip olmak için beyin tek başına yeterli değildir

Aşk, nefret ve kıskançlık sırasında yayılan nöronlar karmaşıktır

Zihin ve beynin birbirine dolanması her zaman çok karmaşıktır

Tüm memeliler farklı derecelerde ve seviyelerde zekaya sahiptir

Bazı görevlerde diğer hayvanlar homo sapiens'ten daha üstün olabilir

Her hayvan aleminin anlatmak zorunda olduğu farklı bir üstünlük hikayesi

Cennetle ilgili bilincin, hayvanların anlatamayacağı kadar iyi olması

Bu, insanlar dışında herkesin cehenneme gideceği anlamına gelmez.

Sadece insanlar için, hayali ve aldatmacayı satmak çok kolaydır.

Sayma ve Matematik

İnsanlar bir elma ile iki elma yemek arasındaki farkı biliyorlardı
Sayısal yetenekler kavramı DNA ile ilişkilidir
Beyin, matematik keşfedilmeden önce de sayıları kavrayabiliyordu
Hayvanlar ve kuşlar bile sayıları beyinlerinde görselleştirebilir
İndüklenmiş zeka, modern matematik günümüzde eğitim
Matematiğin keşfi insan uygarlığı için dev bir adımdır
Matematik olmadan milyarlarca sorunun çözümü olmaz
İnsan zekasının temelini oluşturan sayısal ve dil becerileri
İlerleme ve başarı için bu iki bileşen önem taşımaktadır
Duygusal zeka da insan geninin doğasında vardır
Deneyim ve çevre zekayı, duyguları güçlü ve temiz kılar.

Bellek Yeterli Değil

Gerçekleri ve rakamları ezberlemek ve yeniden üretmek tek başına zeka değildir

Bilginin kendisi güç değil, sadece güç için bir silahtır

Hayal gücü ve yenilikçilik, hafıza ve bilgiden daha önemlidir

Yapay zeka kabul etmemiz ve onaylamamız gereken daha iyi bir hafızaya sahip

Yine de yapay zekanın inovasyon ve icatta insanoğlunu geçmesi zor olacak

Yapay zekanın hala eksik olduğu hayal gücüne, duygulara ve bilgeliğe sahibiz

İcat ve yenilik yarışında insanlar DNA desteğine sahiptir

Bilgisayar ve ChatGPT çağında, kara kutunun ve sınırların ötesini düşünün

Hayal gücünüz ve bilgeliğiniz size özgüdür ve ona kanat verir

Yapay zeka ve bilgisayar ile mücadelede insanlar ringde başarılı olacaktır.

Ne Kadar Verirseniz, O Kadar Alırsınız

Kimsesizlere ne kadar çok verirseniz, o kadar çok alırsınız
Cömertlik, yüksek düzeyde ve büyük bir insani değerdir.
Çekim yasası net değerinizin düşmesine izin vermeyecektir
Newton'un üçüncü hareket yasası yaşamın her alanı için geçerlidir
Doğa kanunları kesintisiz su borusu gibi akar
İyi işlerin meyvelerinin olgunlaşması biraz daha fazla zaman alabilir
Ama emin olun, bir gün gelecek, belki farklı bir türde olacak
Bir elma ağacı diktiğinizde, doğa böğürtlen vermeyecektir.
Bu meyveyi değiştiremezsiniz, o doğanın kendi bölgesidir
Daha iyi bir yeni dünya için, iyi erdemlerle, her zaman dayanışma gösterin.

Bırakmak ve Unutmak Aynı Derecede Önemlidir

Hayat, beden ve zihin için çok fazla işkencenin bütünleşmesidir

DND'nin mücadeleci ruhu sayesinde, her zaman

İşkenceler bedenimizi ve ruhumuzu çeliğin dövülmesi gibi güçlendirdi

Yaralanmaların çoğunu, direnç sistemimiz kolayca iyileştirebilir

Zihnin iyileşmesi zor olabilir, ancak zaman ve durum harekete geçmeye zorlar

Hayatın en zor sorununu da zaman bir gün çözebilir

Bir şeyleri unutmak ruhumuzu dengelemek için iyi bir erdemdir

Su geçirmez hafızada, hayatımız hapishane ve cehenneme dönüşecek

Hayatın aşağılanmasını ve işkencesini unutmak, bırakmak önemlidir

Hafıza gibi yapay zeka da insan beyni için felaket bir potansiyele sahiptir.

Kuantum Olasılık

Ölümlülükle birlikte varoluşumuz evrendeki tek mucizedir

Başka hiçbir şey garip değildir, her şey belirli yasalar tarafından yönetilir

Tüm galaksilerde, hiçbir saçmalık, sınırlama ve kusur yoktur

Atomlar, temel parçacıklar veya nötronların bozunması yeni değildir

Maddenin oluşumunun başlangıcından bu yana, fiziğin varyasyonları azdır

Görelilik ve kuantum mekaniği uygarlık için yeni bilgiler olabilir

Ancak insanoğlundan çok önce, tüm standartlaştırmayı doğa yapmıştır

Fizik veya herhangi bir süreç protonu elektronun etrafında dönmeye zorlayamaz

Maddi dünyanın oluşumunda doğal seçilim yoktu

Tüm bilgimiz kuantum olasılığı ve permütasyon-kombinasyondur.

Elektron

Madde evreni doğası gereği kararsızdır.
Çünkü elektron sessiz kalamaz
Elektron en önemli parçacıklardan biridir
Ancak davranışları ve özellikleri basit değildir
Elektronun atomdaki varlığı diyalektiktir
Proton ve nötronu bağlamak için elektronun rolü çok önemlidir
Kararsız elektron yüzünden olabilir, kaos her zaman artar
Evrenin ve yaratılışın entropisi asla azalmaz
Bir çocuğun doğumda DNA aracılığıyla ağlaması elektron etkisidir
Düzensizlik ve kaos artacak, yeni doğan da bunu yansıtıyor.

Nötrino

Nötrinolar güçlü elektronların yoldaşıdır
Yine de ihmal ediliyorlar ve benzerleri kadar popüler değiller
Her şeye nüfuz edebildikleri için hayalet parçacık olarak adlandırılırlar.
Kimse bunların titreşen ip dalgaları olup olmadığını bilmiyor.
Evrensel seyahat sırasında kütleyi nasıl elde ettiklerini de bilmiyoruz.
Ancak temel parçacık olarak nötrinoların çok fazla anlamı vardır
Nötrinolar üç farklı tada sahiptir, bu da heyecan vericidir
Tanrı parçacığı Higgs bozonu ile uğraşırken bile nötrinolar kurnazdır
Nötrinolar güneşten gelir ve kozmik ışınlarla birlikte
Parçacık fiziği, hayalet nötrinolar hakkında uzun bir yol kat etmek zorunda.

Tanrı Kötü Bir Yöneticidir

Tanrı mükemmel bir fizikçi ve çok iyi bir mühendistir.

Ama o kötü bir yönetim öğretmeni ve kötü bir doktor

Dünyanın yönetimi çatışmalarla çok zayıf

Kısıtladığı vizeler aracılığıyla insanların dolaşımı

Daha düşük dereceli hayvanlar ve kuşlar için kısıtlama yok, nedeni bilinmiyor

Yine de hayvanlara karşı daha az nezaket gösterdi

Çocuklar her gün savaşlarda ve aşırılık yanlıları tarafından öldürülüyor

Ama en sevdiği hayvana yapılan tüm bu zulümleri durdurmak için asla

Her yıl milyonlarca insan tedavisi olmayan hastalıklardan dolayı ölüyor

Doktorlar çok para kazandılar ve Tanrı'nın bu faaliyetlerini övdüler

Mühendisler, sonuçları hakkında çok fazla düşünmeden yenilik yaparlar

Doktorlar hayat kurtarmak adına çoğu zaman sıralamada hatalar yaparlar.

Fizik Mühendisliğin Babasıdır

Fizik tüm mühendislik disiplinlerinin babasıdır

Elektrik, elektroniğin babasıdır, ancak her ikisi de basit değildir

Mekanik, üretim mühendisliğinin babasıdır

Babalık iddialarına karşı mekatronik acı çekiyor

İnşaat mühendisliğinin DNA bağı olmayan çok sayıda evlatlık çocuğu var

Kimya mühendisliği, moleküllerin nasıl düşündüğü ile meşguldür

Fiziğin en küçük çocuğu bilgisayar bilimi artık kral

Ringde tahtı ele geçirmek için tüm mühendisliği nakavt ettiler

Akıllı telefon ve kuantum bilişim birkaç yıl daha hüküm sürmelerine yardımcı olacak

Yapay zeka beyinlerle bütünleştiğinde herkes şerefe diyecek.

İnsanların Atomlar Hakkındaki Bilgisi

Sıradan insanın atom bilgisi elektronda biter

Proton ve nötron hakkında bilgi sahibi olmakla yetinirler

Foton, pozitron ya da bozon hakkında endişelenmelerine gerek yok.

İnsanlar elma düşmesi çözümü hakkında bilgi sahibi olmaktan memnun

Bu süreçte nüfus nedeniyle elmanın maliyeti artıyor

Bilgisayar ve akıllı telefon bilgi patlamasına yardımcı oldu

Ancak insanlar bunları zaman geçirmek ve eğlenmek için kullanıyor

Kitaplar elektron, nötron ve protonun yayılmasında daha iyi rol oynadı

Google ve Wikipedia'ya sahip olmama rağmen bozonu bilmiyorum

Teknoloji, modası geçmiş dini meşrulaştırmak için giderek daha fazla kullanılıyor.

Kararsız Elektron

Dalga fonksiyonları bilgimiz ve gözlemimiz olmadan çöküyor

Elektron, yörüngede kalmak için foton şeklinde enerji yayar

Elektronun çökmemesi için Pauli'nin dışlama ilkesi çözümdür

Elektronun çekirdek içindeki olasılıkları belirlenemeyecek kadar bulanıktır

Heisenberg'in belirsizlik ilkesi, belirsiz konum hakkında şunları söylemeye çalışır

Atomik yapı, elektronun çekirdek etrafında dönmesi için bir kaptır

Serbest elektronlar, atomu doğada kararlı hale getirmek için enerji kaybeder

Ancak elektronun sistemde sonsuza kadar böyle kalması mümkün değildir

Yerçekimi nedeniyle, protonlar elektronu yakaladığında nötrona dönüşür

Sonunda, her şey hayal gücümüzün ötesinde, galaksideki bir kara deliğe çöküyor.

Temel Kuvvetler

Yerçekimi, elektromanyetizma, güçlü ve zayıf nükleer kuvvetler temel

Dördü de kaynakları yöneten ve kontrol eden evrenler ve galaksilerdir

Bu temel güçler olmadan maddi hiçbir şey var olamaz

Güçlü ve zayıf nükleer kuvvetler atomun bağlanma kaynaklarıdır

Yerçekimi olmadan yıldızlar, gezegenler ve galaksiler çarpışma rotasına girecektir.

Elektro-manyetizma beyin fonksiyonlarımız ve iletişimimiz için temeldir

Bu dört güç nedeniyle, gezegensel kombinasyonun varlığı söz konusudur

Bu güçlerin neden ve nasıl ortaya çıktığını kesin olarak söylemek zor

Büyük patlamadan sonra atomların birbirine bağlanması, bu kuvvetler sayesinde yavaş yavaş gerçekleşmiştir

Büyük patlamadan sonraki soğuma sürecinde, bu kuvvetler her şeyi düzenli hale getirdi.

Homo Sapiens'in Amacı

Milyarlarca yıl boyunca yeryüzünde yaşayan varlıkların hiçbir amacı yoktu.

Yaklaşık on bin yıl önce aniden, insan için bir amaç mı ortaya çıktı?

Hiçbir canlı, güneş ışığı ile gezegendeki amaçlarının ne olduğunu bilmiyordu.

Yine de güneş ışınlarıyla, insanoğlunun dünya olarak adlandırdığı gezegen aydınlıktı

Atalarımız maymun ve şempanzeler bu gezegeni doğru tuttular.

İnsan zekasının farkına vardığında, bir amaç iddia etti

Diğer tüm hayvanlar onların hizmetkarıdır, homo sapiens varsayalım ki

İnsanoğlunun amacı kendi hayal gücü olabilir

Amaç hipotezini kabul etmek, hiçbir bilimsel çözüm

Darwin'in doğal seçilim teorisi, amaç kavramıyla çelişir

Ancak doğal seçilimin eksik halkaları olduğu için çoğunluk bunu kabul ediyor.

Kayıp Bağlantıdan Önce

Evrim sürecindeki kayıp halkadan önce

Evrim bir başka çığır açan başarıya imza attı

X-kromozomu ve Y-kromozomunun ayrılmasıydı.

Cinsiyeti nötr olan canlılar da üreme yeteneğine sahipti

Cinsiyet ve üreme için nötr kromozomun baştan çıkarması gerekmez

Kromozom üzerinden cinsiyet farklılaşması eşitsizlik yarattı

Erkek ve dişiye ait iki ayrı DNA kodu kesin olarak ortaya çıktı

Cinsiyet farklılaşması daha iyi üreme kabiliyeti için miydi?

Yoksa daha üst düzey canlı yaratımının evrimini kolaylaştırmak için miydi?

Hem X-kromozomu hem de Y-kromozomu atom yığınlarıdır.

Yine de özellikleri, nitelikleri farklı ve rastlantısaldır

Kayıp halka gibi, cinsiyetin neden ve nasıl farklılaştığı konusunda da bir çözümümüz yok.

Adem ve Havva

Efsanevi Adem ve Havva X ve Y kromozomunu temsil eder

Her ikisinin çiftleşmesi yeni bir yaşamın, bir sonraki neslin oluşmasıyla sonuçlanır

DNA genetik özellikleri ve bilgileri taşır

Gen, mutasyon ve sürekli evrimden sorumludur

Bilgi taşıyıcısı DNA, doğal seçilime yardımcı olur

Bilincin bilgi yoluyla gelip gelmediği belirsizdir

Parçacıkların kuantum dolanıklığı bizi çıldırtıyor

Dolaşma sürecinde, tembel doğan birçok insan

Atomların bir araya gelerek insana yaşam vermesine ilişkin tüm resim hala bulanıktır.

Hayali Sayılar Zordur

Hayali sayıları hayal etmek ve anlamak zordur
Aklımızın ve beynimizin kolayca kavrayamayacağı karmaşıklıklar
Görünür ve dokunulabilir olan, beynin kolayca açabileceği şeyler
Zor egzersizler, zihin her zaman soğuk depoda tutmayı sever
Bu nedenle karmaşık şeyleri ifade etmek için analoji çok cesurdur
Görmek ve dokunmak inanmaktır, insanın temel içgüdüsüdür.
Hayali fizik ve felsefe için sınırlı ilgi vardır
Yeni şeyler ve fikirler keşfetmek için hayal gücü en iyisidir
Hayal gücü olmadan, mümkün olsun ya da olmasın, bilim ilerleyemez
Yeni şeyler keşfettiğinizde veya icat ettiğinizde, her zaman iyi bir ödül alırsınız.

Ters Sayma

Bir yarışa başlamak için son aşamada, her zaman ters sayım vardır
Çünkü bu aşamada zihinsel baskı muazzamdır ve giderek artmaktadır
Ters sayımda, sıfır başlangıç noktası olarak kabul edilir
Yolculuğun ya da yarışın nihai başarısı ya da başarısızlığı sadece ortak
Hayatın harika yolunda yeterince olgunlaştığınızda
Daha büyük veya daha büyük başarı için ters saymayı öğrenin
Ters sayım olmadan, nihai hedef hiç kimse tarafından işlenemez
İnsan hayatı sonsuza kadar sayılamayacak kadar kısadır
Tersine sayım, dayanışma ile yola devam etmenin tek yoludur
Ters saymaya başlayıp başarılı olamadıysanız, kaderi suçlamayın.

Herkes Sıfırla Başlar

Hepimiz sıfırla başlayan bir çığlıkla saymak için doğduk

İleriye dönük sayımlarda başarılar daha fazladır, siz bir kahramansınız

Zaman çoğumuzun yüzden fazla saymasına izin vermiyor

Doksan yaşına gelindiğinde insanlar heveslerini yitirir ve teslim olurlar.

Elli yaşına geldiğimizde, geriye doğru saymaya başlasak iyi olur

Hayatı takdir etmenize ve hayatın ödülleri için gülümsemenize yardımcı olacaktır.

İnsanlar farkına varmadan yılları, ayları veya günleri sayıyor

Yarın, birçok insan sabah güneşinin ışınlarını göremeyecek

İleri ve geri saymaya zamanında başlarsanız

Zamanınız dolduğunda, kesinlikle zirveye ulaşacaksınız.

Etik Sorular

Tüm bilgi, deneyim ve zekamız kendi kendimize edindiklerimizdir

Gözlemlenebilir dünyadan Yapay Zeka, beynimizin de ihtiyaç duyduğu

Her şeyi kişisel olarak deneyimlemeye çalışırsak, çok geçmeden yoruluruz

Başkalarından alınan bilginin doğrulanmadan benimsenmesi doğası gereği yapaydır

Bu tür bilgilerin çoğunun yanlış olduğu gelecekte kanıtlanacaktır.

Sevgi, nefret, öfke gibi duygular da beyin tarafından taklit edilebilir

Çeşitli nedenlerle, yapay gülümseme ve neşe için, beynimizi eğitmeye çalışırız

Yapay zeka ilerleme için insan uygarlığının bir parçasıydı

Yapay zeka olmadan daha hızlı ve çabuk başarı elde edilemez

Doğal zeka ve yapay zekanın entegrasyonu en zor görev

İnsan beyni ile tam entegrasyondan önce, toplumun sorması gereken etik sorular vardır.

Hepsi-Sin-Tan-Cos

İnsan hayatı zaman içinde dört çeyrek yolculuktur

Dört çeyreği de tamamlayabilirseniz şanslısınız ve iyisiniz demektir

Herkes yirmi beş yıllık öğrenme sürecinden geçmelidir.

Fiziksel bedenin büyümesi sona ulaşır

Belirsizlik nedeniyle herkes ilk çeyreği geçme şansına sahip değildir

Ölümün zamanlaması ve yaşı insanlık için hala bir mucize

Yirmi beş yılın ikinci çeyreğinde, çalışmakla çok meşgulsünüz

Daha iyi bir yaşam ve gelecek güvencesi arayışında herkes koşuyor

Bazı insanlar eğlenmek için refakatçi olmadan yalnız hareket eder

Üçüncü çeyrek, konsolidasyon ve ince ayar zamanıdır

Bilgi, beceri ve servetiniz birikmeye başladı

Kar payınızı, başarınızı ve ilişkinizi hesaplamaya başladınız

Üçüncü çeyrekte, diğerlerine liderlik eden patron ve CEO'sunuz

Yavaş yavaş daha fazla servet için iştahınızı kaybedersiniz ve daha ileri gidersiniz

Kendini gerçekleştirme ve içsel benliği tanıma daha önemli hale gelir

Dördüncü kadrana girdiğinizde gölgeniz uzar.

Vücudunuz çok fazla hastalığa yakalanır, artık güçlü değilsiniz

Tansiyon, şeker ve diğer rahatsızlıklar, haplarla kontrol altına alınmalıdır

İlaçların yan etkileri de çok kötüdür ve insanları öldürebilir

Bazen, tıbbi faturalarınızı görünce endişelenirsiniz

Kimse sizinle ilgilenmeye zahmet etmeyecek, herkes kendi bölgesinde meşgul olacak

Arkadaşlarınızın çoğu da dünyayı terk etti ve arkadaşlar gereksiz hale geldi

Her bir çeyrekte faaliyetlerinizi verimli ve akıllıca yapın
Dördüncü çeyreğin sonunda kesinlikle pişmanlık duymayacaksınız.

Ateş Gücü

Ateşin icadı insan uygarlığının seyrini değiştirdi

Çatışmaların bastırılmasında ateş gücünün temelini oluşturdu

Zayıf hayvanı bastırmak için daha fazla ateş gücüne sahipsiniz

Daha fazla genişleme ve hayatta kalma olasılığınız var

Ateş gücü, insanın hayatta kalmak ve ilerlemek için en güçlü olmasına yardımcı oldu

Büyük orman yangınları nedeniyle birçok hayvan gerileme yoluna girdi

İnsanlar hala yüreklerinde olumlu ve olumsuz ateş taşıyorlar

Bu, tarihte yıkıcı hale gelen savaşlarla kanıtlanmıştır.

Yine de kalplerin olumlu ateşi insanların yapıcı olmasına yardımcı oldu

Ancak uygarlık için modern teknolojinin ateş gücü belirleyici olabilir.

Gece ve Gündüz

Her gece ağladığımda
Dünya utangaç kalmaya devam ediyor
Teselli etmek için, evren denemez
Acı kızarır
Kalp boş ve kuru
Yalnız tarlakuşu uçar
Bütün gece benim
Bir gün yalnız öleceğim
Ölü bana, insanlar güle güle diyecek
Yine de, güneş doğduğunda, ruh yüksektir
Gün boyunca, ağlamak için zaman yok
Bunun için bir sebep yok.
Sadece ben yapmalı ve ölmeliyim.

Özgür İrade ve Nihai Sonuç

Trafik sıkışıklığında, özgür irademle sağa ya da sola gitme seçeneğim vardı

Ama her seferinde kendi kararımı aldım, hareket sıkılaştı

Sola, sağa veya U dönüşü olsun, gelecekteki yolculuk nadiren parlaktı

Her bir metreyi hareket ettirmek için, kaderim tarafından savaşmaya zorlandım

On yıldır birbirlerine aşık olan çift özgür iradeleriyle evlenmeye karar verdi

Hedef ayıklama olarak lunapark ile evlilik töreni düzenlendi

Üç ay sonra herkes onları ayrılırken gördüğünde şaşırdı.

Genç adam özgür iradesiyle parlak bir gelecek için yurtdışına uçtu

Ancak özgür iradesi ve birçok umuttan sonra bile, uçak kazasında öldü

Özgür irade ile nihai sonuç arasında belirsiz bir ilişki vardır

Kader ya da belirsizlik ilkesi her an saldırıya geçebilir.

Kuantum Olasılık

Evren, kuantum parçacıklarının kaotik bir süreciyle başladı.

Sonrasında gelen her şey kuantum olasılığıydı

Yıldızlar ve diğer gök cisimleri düzenli bir yörüngede dönerler

Ama bir bütün olarak evren, galaksiler her zaman paslanmaya niyetliydi.

Evrenin hayatta kalabilmesi için entropisi artmaya devam etmelidir.

Evrenin genişlemesini açıklamak için karanlık enerji şarttır

Çoklu evren, kanıtsız kuantum olasılığından başka bir şey değildir

Mut her dini felsefede, çoklu evrenin dayanılmaz kökleri vardır

Fiziğin de kökenimize ilişkin farklı teori ve hipotezleri vardır

Şimdiye kadar gerçekliğin basit ve nihai hakikati yanıltıcıdır ve kimse görmemiştir.

Ölümlülük ve Ölümsüzlük

Ölümlü olduğum için mutluyum, dünyaya birkaç günlük yolcuyum

Diğerlerinin ölümsüz ve hizmet sağlayıcı olmasından daha mutluyum

Ölümsüz dostlarım ve akrabalarım ben ayrıldığımda bana veda edecekler.

Bir sonraki vuruşumda, eğer varsa, nasıl başlayacağımı kimse bilemeyecek.

Bir hafta sonra herkes beni unutacak, çünkü insanlar akıllıdır.

Süpermarketlerde meşgul olacaklar, ev arabalarını dolduracaklar

O zaman bile zaman aynı şekilde, günler, aylar, yıllar çok hızlı geçecek

Ölümsüzlük sayesinde asla yorulmazlar, çürümezler ya da paslanmazlar

Yüz yıl sonra, birileri benim ölümümün yüzüncü yılını kutlayabilir.

Bin yıl sonra, biri beni ağda bulabilir, çağdaş olduğumu söyleyebilir

Ancak tepkileri duygusuz ve anlık olacaktır.

Ölümlülük ve Ölümsüzlük el ele gider, insanlar ölmek istemez

Yine de hayatımın son gününe kadar, ölümsüz olmayı asla denemeyeceğim.

Kavşağın Deli Kızı

Her gün kavşakta dolaşır, güler, gülümser ve kendi kendine konuşur

Kimin geldiğine, kimin gittiğine hiç aldırmaz, ilgiyle hiç ilgilenmez

Kirli elbisesinden, makyajsız yüzünden ve tozlu saçlarından rahatsız değil

Gülümsemek ve kahkaha atmak mutluluk belirtisiyse, o da mutlu ve neşeli olmalı

Ayrıca proton, nötron, elektron ve diğer temel parçacıklardan oluşan bir yığın olmalı.

Aynı hareket yasalarını, yerçekimi elektromanyetizmasını ve kuantum mekaniğini takip ederek

Ancak, o farklıdır, kararsız elektronların asi davranışları olabilir

Doktorlar neden farklı olduğu ve iyileştiği konusunda herhangi bir çözüm sunamadılar

Bilincinin simetrik olmayan davranışları için gerçek bir açıklama yok

Bilinci ve nöron emisyonları kuantum teorisinin açıklamasının ötesinde

Onun gülen yüzü ve mutluluğu için insanlar acıyor ve üzüntülerini dile getiriyorlar

Ancak, kuantum gözlemcilerinden bağımsız olarak, hayatını neşeli bir şekilde yaşıyor.

Moleküllere Karşı Atom

Moleküller gezegenin ve evrenin yaratılmasında temel olmayabilir

Karbon, hidrojen, oksijen, silikon ve nitrojen dünyayı çeşitlendirdi

Kalsiyum, demir, sodyum, potasyum hepsi moleküller halinde daldırılır

Atomların birleşimi olmadan moleküllerin mümkün olmadığı doğrudur

Ancak molekül haline gelmeden, elementlerin varlığı tahakkuk edemez

Nötron bozunarak protona ve elektrona dönüşerek farklı atomlar oluşturabilir

Proton ve elektronların kombinasyonu da rastgele gerçekleşir

Proteinler ve amino asitler, yaşamı mümkün kılmak için moleküller halinde geldi

Atomik halde hayvanlar alemine besin sağlamak için fotosentez imkansız

Moleküller atom gibi kararsız olmadığından, varlığımız için moleküller güvenilirdir.

Yeni Bir Karar Alalım

Nehirler, göller, denizler ve okyanusların hepsinin bir dibi vardır
Her bir su kütlesinin derinliği simetrik değil, rastgele
Tepeler yıl boyunca uzun ya da kısa, yeşil ya da beyaz olabilir
Ancak her şeyin özellikleri için sadece atomlar önemlidir
Doğanın güzelliği ya da yıldızlar ya da kadınlar, hepsi atom yığınlarıdır
Fotoğraf yayımı olmadan kimse hiçbir şeyin güzelliğini göremez
Temel parçacıklar ve atomlar, kombinasyondaki tüm farkı yarattı
İnsanoğlunun erken oluşumda hiçbir şey üzerinde kontrolü yoktur
Ne de insanlar evrim sürecini hızlandırmak ya da yavaşlatmak için bir şey yaptı
Dünyayı sevgi ve kardeşlikle daha iyi hale getirmek için karar alabiliriz.

Fermi-Dirac İstatistikleri

Günlük hayatımızda, etkileşimde bulunmayan çok sayıda insan görüyoruz

Fermi-Dirac istatistikleri bize makul bir anlayış çözümü verebilir

İstatistik hem klasik hem de kuantum mekaniğine uygulanabilir

Her insan farklı zihniyet, tutum ve dinamiklere sahiptir

Her temel parçacığın kendi termodinamik denge yolları vardır

Ölçülebilir kütle olmasa bile, parçacıkların momentumu vardır

Bose-Einstein istatistikleri özdeş, ayırt edilemeyen parçacıklar için de geçerlidir

Parçacıkları tanımlama sürecinin tamamı karmaşıktır ve basit değildir

Bir noktada, sonsuz evrende, kavrayışımız sakatlanır

Ancak insan zihninin ve fiziğinin merakı asla tamamen boyun eğmez.

İnsanlık Dışı Zihniyet

İnsanlar insanlık dışı ve zalim oldular

Bugünlerde tarihi bir düello olmasa da

Ama masumları öldürmek için, küçük bir mesele yakıt verebilir

Hoşgörü, azalan getiri yasasından daha hızlı azalıyor

Eğer doğruluk ve adaletten yanaysanız, bir sonraki kurşun sizin sıranız olabilir

Küçük olaylar için, birçok şehirde insanlar çılgınca yanıyor

Her an, her yerde, herhangi bir nedenle ölümcül şiddet geri dönebilir

İnsanlar bugünlerde insan kanına susamış durumda.

Dünyada şiddet olaylarında ölen insan sayısı sel felaketinde ölen insan sayısından daha fazla

İsa'nın insanlık için yaptığı fedakârlık, zulmün zirve yaptığı bugünlerde

Şiddet, savaş, nefret ve hoşgörüsüzlükle yakında insanlığın dokusu bozulacak.

İş Süreci

Hayat sadece üretkenliği ve kârı en üst düzeye çıkarmak için bir iş süreci midir?

Ya da evrim ve ilerlemeye katkıda bulunmak için doğal bir süreçtir

Tüm toplum artık ürünlerin pazarlandığı bir yer haline geldi

İnsanları kandırmak artık hayatta kalmak ve en güçlü olmak için büyük bir beceri

Gerçeklerle, basit ve dürüst olmakla yola devam etmek imkansız

Zenginlik için sonsuz bir açgözlülük var ve bir şekilde ünlü olmak istiyorlar.

Zihinsel zenginleşme için kimse zaman geçirmek veya kitap okumak istemez

Piyasada, bir şekilde hizmetlerinizi veya ürününüzü satmalısınız

Sosyal dokudan, ilişkilerden ve değerlerden her zaman düşer

Eğer pazarlama yapamaz ve kâr elde edemezseniz, hayatta hiçbir şey inşa edemezsiniz.

Huzur İçinde Yatın (RIP)

Öldüğümde biri ölüm ilanımı yazabilir.
Ancak huzur içinde yatmak birincil yorum olacaktır.
Artık kimse bana huzurlu olup olmadığımı sormuyor.
En yakın arkadaşlarım bile aynı grupta yer alıyor
Kimseye barış konusunda bir şey sormadım.
Şimdiye kadar arkadaşlarımın ölümünden sonra, ben de aynı yolları takip ediyorum
Ölüm artık hepimiz için çok ucuz ve duygusuz
Bir gün herkesin otobüse bineceği doğru olsa da
Ölümden sonra huzur ve mutluluk önemsiz hale gelir
Huzur içinde yatmak çok yeni bir modern yaşam tarzı patentidir
İnsanlar çok meşgul ve huzur ve dinlenme için zamanları yok
Ölümden sonra dostlara huzur içinde yat demek kolay ve en iyisidir.

Ruhlar Gerçek mi Yoksa Hayal mi?

Ruhların varlığı bilimsel bir kanıt olmadığı için her zaman sorgulanmıştır.

Canlıların bilinci gerçektir, ama bu bir takdir meselesi midir?

Ruhlar hipotezi köklüdür, uygarlıklardan sonra uygarlıklardan kurtulmuştur.

Ruhlar ve ölümden sonra devamlılığı çoğu dinin ayrılmaz bir parçasıdır

Bu noktayı kanıtlamak için, enkarnasyon ve peygamberler dini bir çözümdür

Ancak şimdiye kadar beden ve ruh arasındaki kayıp halkayı bulmayı başaramadık.

Üst düzey bilincin nedeni de açıklanmamıştır

Sonsuz galaksiler içinde, bilimin keşfi sadece küçük bir tozdur.

Ruhlar ve bilinçle ilgili sorulara bilimin cevap vermesi gerekir

Aksi takdirde, zaman alanında, bilimin birçok hipotezi paslanacaktır.

Ruhlar Gerçek mi Yoksa Hayal mi?

Ruhların varlığı bilimsel bir kanıt olmadığı için her zaman sorgulanmıştır.

Canlıların bilinci gerçektir, ama bu bir takdir meselesi midir?

Ruhlar hipotezi köklüdür, uygarlıklardan sonra uygarlıklardan kurtulmuştur.

Ruhlar ve ölümden sonra devamlılığı çoğu dinin ayrılmaz bir parçasıdır

Bu noktayı kanıtlamak için, enkarnasyon ve peygamberler dini bir çözümdür

Ancak şimdiye kadar beden ve ruh arasındaki kayıp halkayı bulmayı başaramadık.

Üst düzey bilincin nedeni de açıklanmamıştır

Sonsuz galaksiler içinde, bilimin keşfi sadece küçük bir tozdur.

Ruhlar ve bilinçle ilgili sorulara bilimin cevap vermesi gerekir

Aksi takdirde, zaman alanında, bilimin birçok hipotezi paslanacaktır.

Tüm Ruhlar Aynı Paketin Parçası mı?

Farklı canlı varlıkların ruhları aynı yazılım paketinin parçası mıdır?

Her ruh kuantum dolanıklığına sahiptir, ancak farklı bagajları vardır

Evrim yoluyla da tüm canlılar ekolojik esarete sahiptir

Birçok türün nesli tükendi, çünkü zamanla ilerleme kaydedemediler

Kendini en üstün hayvan ilan eden insanlar, şimdi bu kurtarıcıları arıyor

Ancak yaşamın yazılım ve donanımı arasındaki ilişki eksiktir

Bilim, dinler ve felsefenin kendine özgü düşünceleri vardır

Hiçbiri hipotezlerinin doğru olduğunu ikna edici bir şekilde kanıtlayamaz

Meraklı zihinler zor sorular sorduğunda, herkes geri çekilir

Ruh beden ilişkisi konusunda şimdiye kadar dinlerin daha fazla etkisi olmuştur.

Çekirdek

Çekirdek olmadan hiçbir atom oluşamaz veya atom olarak var olamaz

Temel parçacıklar kendi başlarına madde olarak oluşamazlar

Evrendeki şeyleri daha iyi açıklamak için bir hipotez olabilir

Güneş sistemi, güneş olmadan var olamaz ve devam edemez

Uydular da güçleri dengeliyor ve insan eğlencesi için değil

Muazzam enerjiye sahip merkezi bir çekirdek olmadan kozmos düzene giremez

İster Tanrı olsun ister başka bir şey, fizik daha fazla araştırmalı

Yıldızlar ve galaksiler arasındaki mesafeler roketimizin ulaşamayacağı kadar uzak.

Şimdiye kadar galaksimizin her köşesini keşfetmek cebimizi aştı.

Yine de pek çok insan uzaya sonsuza kadar gitmeye hazır, pahalı biletler satın alıyor

Bu merak ve bilinmeyeni bilme dürtüsü uygarlıktır

Kuantum teknolojisi ile uzayın keşfi ivme kazanacak

Yıldızların birleşmesinin ardındaki nihai çekirdeği ya da gerçeği bulana kadar

Bırakın insanlar dini inançları ve ibadetleriyle mutlu olsunlar.

Fiziğin Ötesinde

Fiziğin garip dünyasının ötesinde, biyolojinin dünyası

Atomların birleşimi protein moleküllerini oluşturdu

Virüsler ve tek hücreli organizmalar ortaya çıktı

Bilgi taşıyıcısı DNA evrim sürecini başlattı

Fizik ve biyolojinin birbirine bağlanması temel bir çözüm sağlayabilir

Genetik yoluyla yapılan tersine mühendislik, yaşamın nasıl ortaya çıktığını anlatabilir

Yüce Tanrı için oyunun içinde hiçbir şey olmayabilir

Fiziğin ötesinde yeni bir hayat vermek için sevgi, insanlık ve annelik vardır

Proton ve elektronun birleşimi gibi, karı ve kocamız var

Yaratılışın gizemi kuantum mekaniğinden sonra bile devam edecek

Bazı fizikçiler yeni hipotezlerle varoluş için bize yeni fikirler verecekler

Yaşam yapay zeka ve savaşlarla yarışmaya devam edecek

İnsanoğlu varoluş nedenini bulamayabilir ama yıldızları kolonileştirecektir.

Bilim ve Din

Bilim, teorilerini kanıtlamak için asla dini metinlere başvurmaz

Bilimsel teoriler ve hipotezler anılara dayanmaz

Medeniyetin ilk aşamalarında nesiller boyunca aktarılan dini metin

Bu metinler her zaman bilimlerden onay almaya çalışır

Tanrı'nın başka bir galakside varlığı varsa, dini metin onun versiyonu değildir

Doğrulama ile kanıtlamak için dini liderlerin hiçbir çözümü yoktur

Genellikle, bilime dayandığını kanıtlamak için parça parça ayetlere başvururlar

Ancak savunmada temel yasaların matematiksel referansları yok

Peygamberler ve dini yöneticiler bilimsel teorilerin mucidi değildir

Doğa ile benzerlik ve doğal yasalar sadece sonuçlardır

Din ve bilim, hayat denen madalyonun iki yüzü olabilir

Ancak laboratuvar veya fiziksel test söz konusu olduğunda, dinler kayar.

Dinler ve Çoklu Evren

Nerede olursanız olun, mutlu olun ve barış içinde yaşayın

Bu, çoğu dinin ruhlar hakkındaki görüşüdür

Bu, dinlerin paralel evreni bildiği anlamına mı geliyor?

Ya da yakınlarınız ve sevdikleriniz için yalnızlığa giden en kolay yoldur

Birkaç evren kavramı birkaç dinin doğasında vardır

Ancak bu kuantum dolanıklığının ve belirli çözümlerin ötesindeydi

Günümüzün paralel evren kavramı bile yönsüzdür

Atomun ve temel parçacıkların derinliklerine inen fizik

Spesifik olmak yerine, engeller konusunda felsefi olun

Evrenin daha büyük boyutlarında bile kozmolojik sabitler farklılık gösterir

O zaman tüm teori veya hipotez şüpheli olmaya ve zarar görmeye başladı

Dinler inanç meselesidir ve inananlar asla kanıt istemezler

En bilimsel ve rasyonel zihinler bile asla görüşün saçma olduğunu söylemez.

Bilimin Geleceği ve Çoklu Evren

İnsanlar öldüğünde, yakınları nerede olursan ol, huzur içinde yaşa derler.

Bu dini görüş toplumda derin köklere sahiptir ve çok uzaklara uzanır

İnsanlar ayrılma acısıyla rahatlıyor ve yara izini iyileştirmeye çalışıyor

Bu insanların çoğu kuantum dolanıklığının farkında değil

Çoklu evrenin var olup olmaması onlar için hiç önemli değil

Her hayvan gibi insanlar da ölmekten ve dünyayı terk etmekten korkarlar

Yani, başka bir galakside yaşama kavramı ortaya çıkmış olabilir.

Uygarlığımızın kanıtların söylediğinden daha eski olması da mümkün olabilir.

Milyonlarca yıl önce, bazı gelişmiş yaratıklar buraya gelmiş olabilir.

Dünyadaki insanlar bu yaratıklarla etkileşime girmiş olabilir.

Gidecekleri yere doğru yola çıktıklarında insanlar dua etmeye başladılar

Diğer evrenlerin varlığı ağızdan ağıza yayıldı

Uzun vadede diğer evrenlerde yaşamın varlığı sağlamlaşır

Fiziğin artık doğayı açıklamak için çoklu evren hipotezi var

Eğer diğer galaksilerde gerçekten çoklu evrenler varsa, bilimin geleceği farklı olacaktır.

Bal Arıları

Dünyada insanların çoğu bal arıları gibi yaşıyor

Yukarıdan bakarsanız, devasa binaların ağaçlar olduğunu görürsünüz.

Yerleşim yerlerinde kimlik sahibi değiller

Yine de kovandaki arılar gibi herkes kendi evinde dayanışma içinde yaşıyor

Hiç dinlenmeden yavruları için çalışıp dururlar.

Çocuklarına her zaman en iyi olduğunu düşündükleri şeyi vermeye çalışırlar

Bal arıları gibi sadece geceleri dinlenirler

Bir gün bacakları yürümek, elleri çalışmak için güçsüzleşir

O zamana kadar çocukları yetişkin olmuş ve rock yapmaya başlamışlardır.

Huzurevinde ya da akıl hastanesinde, sakat beden kilit altında tutulur.

Herkes bir zamanlar ne kadar çok çalıştığını unuttu.

Bal arısı gibi onlar da yere düşer, kimse fark etmez

Ama daha yeşil günlerde, hayatın tadını çıkarmak için, bazı insanları ikna edemezsiniz.

Aynı Sonuç

Kuantum mekaniği iyimser ve kötümser arasında asla ayrım yapmaz

Aradaki fark kuantum olasılığı veya dolanıklık nedeniyle olabilir

İyimser ve kötümser dünyada aynı madalyonun iki yüzüdür

Ancak, günlük yaşamda, farklı şekillerde, farklı şekilde ortaya çıkarlar

Kriket ve futbol oyunlarında, atış atışını kaybettikten sonra bile kazanabilirsiniz

Karamsarlık ile kişi uzun vadede kazanabilir, çarmıhın kutsamaları ile

İyimserlik yaşam boyunca başarı ve mutluluğu garanti etmez

Uzun vadede birçok iyimser için iyimserlik sadece bir aldatmaca olarak kalır

Kötümserler sadece bir kez ölürler, o da başarısızlık için pişmanlık duymadan mutlu bir şekilde

İyimserler her hayalleri raydan çıktıktan sonra birkaç kez ölürler, emin olun

İyimser ya da kötümser için tek yol devam etmek ve oyunu bitirmektir

Özgür iradeye rağmen, sıkı çalışma, kuantum dolanıklığı aynı sonucu verecektir.

Bir Şey ve Hiçbir Şey

Bir şey ve hiçbir şey, hiçbir şey ve bir şey

Tanrı, Tanrı yok, Tanrı yok, Tanrı yumurta ile tavuktan daha şaşırtıcı

Büyük patlama ya da başlangıç yok, son yok, sadece genişleme ve yayılma

Karanlık enerji var ya da yok, evren genişliyor ya da sadece bir serap

Antimadde ve temel parçacıkların kendi rolleri ve kilometre taşları vardır

Fizik yasaları ilk olarak formüle edildi ya da evren ilk olarak ortaya çıktı

Ayrıca bir şey ve hiçbir şey gibi ciddi bir sorudur, paslanmamalıdır

Doğayı ve evreni tanımak için her sorunun bir cevabı olmalıdır.

Fizik, biyoloji, kimya, matematik entegrasyonunun nasıl yapılacağı

İnsan duyguları ve bilinci de farklı işleyişlere sahiptir

Her şeyin teorisi olan masanın dönüp dönmeyeceği de belirsiz.

Arada, dinler dünyayı yanmaya zorlayacak güce sahiptir

Genom dizilimi ve kuantum dolanıklığı bilindikten sonra bile

İnsanlar dini yerleşime abone olmaktan mutlu ve memnun

Çünkü fizik, bir şeye ya da hiçbir şeye karar vermek için hala çok uzakta.

Şiirin En İyisi

Şimdiye kadar yazılmış en iyi bilimsel şiir kütle ve enerji hakkındaydı

Bu da uzay, zaman, kütle ve enerjinin sinerji içinde açıklanmasına yol açar

E eşittir m c kare fizikteki birçok şeyi sonsuza dek değiştirdi

Madde enerji ilişkisi gibi herhangi bir bilim yasasının popülerliği nadirdir

Newton'un hareket yasaları bile popülerlik payında geride kaldı

Madde-enerji ikiliği klasik fiziğin saltanatını yıktı

Kuantum teorisi ve mekaniğinin bilinmeyen dünyasını açtı.

Görünür dünyamızın çoğunu açıklayan şiir, madde enerji denklemidir.

Görelilik teorisi birçok açıklanamayan şeye çözüm getirdi

Yerçekimi, elektromanyetik kuvvet, güçlü ve zayıf nükleer kuvvetler görünmezdir

Ancak mühendislik alanındaki uygulamaları, bu modern dünyayı mümkün kıldı

Doğanın felsefesini açıklarken, şiir ve fizik uyumludur.

Saçlarınızı Beyazlatmak

Gri saç ve yaşlılık bilgi ve bilgelik anlamına gelmez

Seksen yaşından sonra hayatın en sonunda bile birçok insan aptallar krallığında yaşıyor

İnsanların çoğunluğu deneyimlerinden ve geçmişten ders almaz

Böylece, olgunlaşmamışlıkları ve aptallıkları son nefese kadar devam eder

Diploma ve servet sahibi olmak kimseyi centilmen yapmaz

Kalpte değerler ve duygular olmadan, sadece bir satıcı olabilirsiniz

Değerlerle birlikte bilgi ve bilgelik sizi özünde iyi yapacaktır

Yoksulların en yoksuluna bile kaba davranamazsınız.

Değer temelli dürüst insanlara toplumda artık daha fazla ihtiyaç var

Profesyonellere ve yozlaşmış zihniyete sahip eğitimlilere ihtiyacımız yok.

Kararsız İnsan

İnsanların büyük çoğunluğu dengesiz ve zihinsel sağlık sorunları yaşıyor

Genç erkeklerin asi davranışları, elektronların ipucu olabilir

Fizik bize gökyüzünün neden gerçek olmadığını ama mavi göründüğünü açıklayabilir.

Şu anda bile ilaçlar soğuk algınlığı ve mevsimsel gribi hızlı bir şekilde tedavi edemiyor

Neden bazı virüsler hala yenilmez, ne fiziğin ne de doktorların cevabı var

Hava durumu ve yağışların mükemmel tahmini çok sınırlı ve nadirdir

İnsan yaşamında beyin, duyguları sergilemek için milyarlarca nötron yayar

Ancak hangi yönde performans göstereceği konusunda hiçbir fizikçi doğru tahminde bulunamaz.

Gelecekteki her anın kuantum olasılığı sınırsızdır

Her an, herhangi bir kazada, en iyi doktor ölebilir.

Şiir de Fizik Gibi Basit Olsun

Şiir neden matematik ve fizik kadar basit olamaz?
Gerçek her zaman basittir, açıktır ve zor kelimelere ihtiyaç duymaz
Şiirin sıradan insanın anlayamayacağı kadar sert olması gerekmez
İçsel ifadeler hakkında bilgi sahibi olmak sadece elit sınıflar için değildir
Gezegenlerin hareket yasaları gibi, şiir de basit ve güzel olmalıdır
Şiir, hayatı neşeli kılmak için daha iyi insani değerleri aşılayabilmelidir
Newton'un yasaları çok basit ve anlaşılması kolaydır
Tüm gezegen hareketlerini basit bir şekilde şöyle anlatabiliriz
E eşittir m c kare, madde enerji ikiliğini karmaşıklık olmadan açıklar
Fizik ve şiir, hayatı daha iyi hale getirmek için kolayca birlikte çalışabilir
Zor kelimeler ve sadece içsel anlam ile şiir güçlenmeyecektir
Şiirin tanımı yok, Samanyolu'nun ötesindeki galaksiler gibi sınırsız
Matematik ve fizik hakkında basit bir şiir rahatlıkla söylenebilir.

Büyük Max Planck

Kuantum mekaniği evrenin yaratılmasından hemen sonra gelişmiştir

Temel parçacıkların davranışları kararsız, rastgele ve çeşitliydi

Hızlı bir şekilde elektron, proton, nötron, foton ortaya çıktı.

Gerekli ilk kıvılcım ve gücün nereden geldiğini kimse bilmiyor

Milyarlarca yıl boyunca, düzenli tekillik kaosa dönüşerek entropiyi artırdı

Evren, madde ve enerji eski kopyanın yeni prototipi mi?

Max Planck kuantum teorisini keşfetti, homo sapiens dünyaya geldikten sonra

Modern fizik ve kuantum mekaniği, onun keşfiyle doğdu.

İnsanlar dünyaya evrim süreciyle gelmiş olsalar da

Elektron, proton, nötron asla evrim geçirmedi, fiziğin çözümü yok

Madde enerjisinin nereden geldiğini açıklamada hala çok fazla eksik halka var.

Evrenin yaratılışında fizik ve evrim tek oyun değildir.

Gözlemcinin Önemi

Bir zamanlar dünya dinozorlar ve diğer sürüngenler tarafından yönetiliyordu

Evrim ve doğal seçilim nedeniyle, bazıları uçmaya başladı

Zeki ve uyuşuk türler okyanus ve denizlerde kaldı

Dinozorların altın çağında, dünya güneşin etrafında dönüyordu.

Ayçiçeği güneşin doğuşunu ve batışını bilir ve buna göre döner

Hiçbir canlı dünyanın dönüşü ve devriyle ilgilenmiyordu.

Göçmen kuşlar navigasyondan bile daha doğru ve çok zekiydiler

Binlerce yıl boyunca, homo sapiens bile devrimi bilmiyordu.

Ta ki zeki Galileo dünyaya akıllara durgunluk veren radikal bir varsayım sunana kadar

Hayvanlar dönme ve devrim teorisine karşı çıkmadılar

Ancak diğer homo sapiensler Galileo'ya ve teorisine kararlılıkla karşı çıktılar

Galileo farklı ve eski inançlara aykırı düşündüğü için hapse atıldı

Ancak gerçeğin habercisi olarak, teorisini doğrular ve direnmeye çalışır

'Yine de hareket ediyor' sözleri gözlemcinin önemini göstermektedir.

Sadece bilgi ve hayal gücüne sahip gözlemciler dünyayı sonsuza dek değiştirebilir

Görelilik güneş sistemimizin başlangıcından beri vardı.

Einstein bu gözlemi yaptı ve yeni bir fizik öğesi olarak ortaya koydu

Gözlemcinin önemi artık kuantum dolaşıklık yoluyla kanıtlanmıştır

Ancak gerçeklik sürekli bir süreksizliktir ve evren bile kalıcı değildir.

Bilmiyoruz

Ölüm, bir insanın dalga fonksiyonlarının çökmesi midir?

Proton, nötron ve elektron yığınının çürümesi için zamana ihtiyacı vardır

Temel parçacıkların kuantum dolanıklığı mezarda da devam ediyor mu?

Kuantum alan teorisinde ya da kuantum mekaniğinde buna dair bir cevabımız yok.

Tek umut, her şeyin teorisi bunu açıklayana kadar beklemektir.

O zaman bile kimse mezarın altına girip girmeyeceğini bilmiyor.

Zaman içinde yeni teoriler, hipotezler gelecek ve gidecektir.

Teknolojinin ilerlemesi artık asla yavaşlamayacak

Her teori ve hipotez her zaman yeni bir parıltı getirecektir

Yine de bazı soruların yanıtlarını bilim ve felsefe bilmediğimizi söyleyebilir.

Gelişmekte olan nedir

Bilinç, kuantum dolanıklığı ve paralel evren ortaya çıkıyor

Hiçlikten başlangıç olarak büyük patlama yavaş yavaş gözden düşüyor

Karanlık enerji, kara delik ve antimadde titreşimsiz sonuç

Sicim teorisi, evrenin sınırı ve zamanda yolculuk hala kafa karıştırıcı

Yapay zeka ve insan beyni bağlantısı ilginç

Tanrı parçacığı düşündüğümüz gibi her şeye kadir hale gelmiyor

Her an nükleer savaş patlak verebilir ve insan uygarlığı batabilir.

Kuantum fiziği ile sevgi, nefret, ego ve biyolojik ihtiyaç arasında hiçbir bağlantı yoktur.

Cinsiyet eşitliği ve gökyüzünün pembe olması için birkaç bin yıl daha geçmesi gerekecek

Kimse çevreyi, ekolojiyi umursamıyor ve göz kırpışlarını görmüyor

İnsanın ahlaksızlığı canlıların ekosistemini tamamen değiştirebilir

Yine de insan yaşamı açgözlülük, ego, kıskançlık ve kendini beğenmişlikle devam edecektir.

Yerçekimi, nükleer kuvvetler, elektromanyetizma temel olarak kalacaktır.

İnsan toplumunu bir arada tutmak için aşk, seks ve Tanrı araçsal olmaya devam edecektir.

Bir ötegezegene ulaşmak için bilimin, teknolojinin ilerlemesi üstel olacaktır.

Eter

Babamız okulda ve üniversitede eter eğitimi aldıklarını söyledi.
Eter hakkında çok fazla bilgiye ve derin bilgiye sahipti
Eter, ışık ve dalgaların yayılımını açıklamada önemli bir role sahipti
Eterin ağırlıksız olduğu ve doğada tespit edilemediği varsayılıyordu
Ancak görelilik teorisi ve diğer teoriler, onun geleceğini mahkum etti.
Eter hipotezi okul kitaplarımızdan kayboldu
Fizik kitaplarımıza babamız şaşırtıcı bir şekilde bakardı.
Şimdi karanlık madde ve karanlık enerjimiz var, eter eski bir tarih.
Yüz yıl sonra, karanlık enerji ve kara delik aynı hikayeye sahip olabilir
Fizik de evrim geçiriyor, tıpkı doğal dünyadaki yaşamın evrimi gibi
Bir gün torunlarımıza bugünün fiziği hikaye olarak anlatılacak.

Bağımsızlık Mutlak Değildir

Bağımsızlık mutlak değildir, görecelidir, toplum ve ulus tarafından sınırlandırılmıştır.

Mutlak Bağımsızlık arzu edilen bir şey değildir ve kaos ve yıkıma yol açabilir

Özgür irade aynı zamanda doğal güçler ve kuantum olasılığı tarafından da sınırlandırılmıştır

Özgür irade ile bir eylemin gerçekleşmesi için, sadece bir olasılık olduğu için umut edebiliriz

Düşük olasılıkla bile, dalga denklemi negatif değerlere çökebilir

Bunun nedeni, doğadaki her şeyin aynı ölçütte olmamasıdır

Umutlarımız, bilinci ve nöronları olan karmaşık duygulardır

Dalga fonksiyonları çevresel kısıtlamalar nedeniyle çökebilir

Bu, özgür irademizin ışık formundaki fotonları asla görmeyeceği anlamına gelmez

Bazen sonuç veya meyve çok heyecan verici ve çok parlak olur

Sonuç veya meyve, alan adının geleceğindeki zamanın ürünü olduğundan

Amacımız ve görevimiz özgür irademizle en iyi eylemi gerçekleştirmek, gerisini doğaya bırakmaktır.

Zorla Evrim, Ne Olacak?

Evrim virüslerden amiplere, dinozorlara ve diğer türlere doğru ilerliyor

Güçlü dinozorun soyu tükendi, ancak birçok tür hayatta kaldı ve ilerledi

Uzun vadede, homo sapiens ortaya çıktı ve toprak ana en iyi ödülü aldı

Denizden kıyıya ve havaya uçan eksik halkalar olsa da, maymundan insana

Evrim, Cennet bahçesinde insanı üretmek için hayatta kalmaya yönelik doğal seçilim yoluyla gerçekleşmiştir.

Hiçbir evrim yüksek düzen ile başlamaz ve geriye doğru hareket ederek düşünce düzensizliği artmaz

Bunun nedeni, evrenin entropisinin zaman alanında asla azalmamasıdır

Zaman bir yanılsama olabilir ve geçmiş, şimdi ve gelecek arasında çok ince bir fark vardır

Ancak daha iyisini yapmak ve ilerlemek doğanın doğal özelliği ve kültürüdür

İnsan uygarlığında da ateş ve tekerlek tarımın keşfinden önce geldi

Milyonlarca yıldır doğum ve ölüm, zayıf ya da güçlü tüm canlıların bir parçasıdır

Sadece bazı ağaçlar, kaplumbağa ve balina rahatça uzun süre yaşardı

Bilim insanları artık Ölümsüzlüğün sadece homo sapiens için olacağını, diğerleri için olmayacağını söylüyor

Ölümsüz krallıkta hayvan kardeşlerimize ne olacağını kimse bilmiyor
Ölümsüz insanlar, çoktan ölmüş anne ve babaları için hiç yas tutacaklar mı?

Genç Öl

Doğa tarafından insana verilen yüz yirmi yıl optimumdur.

Bu uzun ömürlülük doğal seçilim sürecinden geçerek gelmiştir.

İnsan ömrünün yapay olarak uzatılması, doğal sürecin seyrelmesine yol açabilir

Hiç kimse ekolojik yıkım olmayacağını kesin olarak söyleyemez

Sadece homo sapiens'e odaklanmak, diğerlerini görmezden gelmek, aptalca bir hayal gücü

Günümüz dünyasını keşfetmek için yüz yirmi yıl yeterli

O yaşta, dünya gezegeninde yaşayan bir insan için anlatılmamış hiçbir şey kalmaz

Misyonunu, hedeflerini gerçekleştirecek ve kendini gerçekleştirme aşamasına ulaşacaktır.

Onun için tüketim ürünleri satın almaktan ziyade maneviyat önemli olacak

Ben beden ve zihin dengesiyim, yakınlarımın ve sevdiklerimin ayrılması şüpheciliğe itecektir

Dünya artık zaman geçirmek için seyahat ve turizm için küçük bir yer

İnsan güneş sistemi dışında yerleşim geliştirdiğinde, daha fazla yaş iyi olabilir

Dış gezegene seyahat sırasındaki görelilik onları fiziksel olarak genç tutabilir

Milyonlarca ışık yılı ötedeki yeni bir yere yerleşmek için zihin de güçlü kalacaktır

O zamana kadar daha iyi, sevin, gülümseyin, oynayın, çevreyi koruyun ve genç ölün.

Determinizm, Rastgelelik ve Özgür İrade

Özgür irademle kavşakta atış rotasını seçtim

Ama fırtınanın rastlantısallığı nedeniyle ağaçlar arabamın üzerine devrildi.

Bir hafta boyunca hastane yatağında geçireceğim süre önceden belirlenmiş miydi?

Otoyolda gideceğim yere gitme seçeneğim vardı.

Kim ve neden yolculuğum yarı yolda sebepsiz yere durduruldu?

Günlük hayatta birçok kez kafamız karışır, neden bu kararı aldım?

Başka bir yol seçmiş olsaydım, hayatım daha iyi durumda olurdu

Aklın rastlantısallığı yüzünden kendimizi kaçınılabilir bir konuma ittik

Özgür irade de, her zaman dikkatimizi dağıtmadan bize mevcut en iyi yolu vermez

Özgür irade olsa bile, Heisenberg'in belirsizlik ilkesi tek çözüm müdür?

Fizik bilgisi olsun ya da olmasın, her şey olduğu gibi gerçekleşir

En iyi araba sürücüsü, bazen alışılmadık bir araba kazası geçirdi ve öldü

Sezaryen sırasında anneyi ve yenidoğanı kurtarmak için jinekolog her zaman şunları dener

Ancak çabaları ve deneyimleri rastgele birileri için işe yaramadı

Sağlıklı annenin ölümünün nedenleri kimse tarafından açıklanamaz.

Sorunlar

Sorunlar her yerde vardır, kendimizde, ailemizde, mahallemizde, şehrimizde, eyaletimizde, ülkemizde, dünyada ve evrende

Bazen iki insan birlikte yaşayamaz, çözemedikleri farklılıklar

Bazen çok fazla kişinin yaşadığı ortak bir ailede, zor problemler de çözülebilir

Bir milyondan az nüfusa sahip küçük bir ülke, binlerce kişiyi öldüren ayrılık için yıllarca savaştı

Milyar nüfuslu büyük ülke, çatışmaları çözüyor ve yoluna devam ediyor, engelleri kaldırıyor

Her gün milyonlarca virüs ve bakteri ile karşılaşıyoruz, ancak bu sorunla yaşıyoruz

Ekolojinin ve çevrenin tahrip edilmesi yaşamlarımıza ek yük getiriyor

Yine de değişiklikleri benimsiyoruz, sorunu çözme dürtümüz ani değil

İnsan DNA'sı ve uygarlığındaki çatışma çözme mekanizması çok yerinde

Savaş konusunda şaşırtıcı bir şekilde, insan zihninin egoları çatışmaları kalıcı hale getirir

Aileler parçalandı, kardeşlik buharlaştı, açgözlülük tavan yaptı

Ancak ulus olarak insanlar hala birliktelik ve görünmez bağlılık gösteriyor

Düşmanlar arasındaki doğal afet sırasında kuantum dolanıklığı devreye giriyor

Savaşlardaki düşman uluslar, insanlık için birlikte çalışmaya izin verir, savaşan orduları

Liderler kuklaları değil kendi kalplerini kullandıkları sürece çatışmaların çözümü kolaydır.

Yaşamın Küçük Parçacıklara İhtiyacı Var

Ağırlıksız parçacık fotonları olmadan yaşam mümkün değildir
Negatif yüklü elektronlar olmadan yaşam mümkün değildir
Karbon, hidrojen, oksijen ve yaşam için gerekli çok sayıda element
Evrim ve biyolojik çeşitlilik olmadan, dünyadaki insan yaşamı devam edemez
Çevre, ekoloji, biyoçeşitlilik hepsi kırılgandır ve arı kovanı gibidir

Homo sapiens güneş sisteminin kralı olduğunu düşünüyordu
Diğer canlılar gibi bizim varlığımızın da rastlantısal olduğunu unutuyoruz
Çok fazla değişken biz farkına varmadan elma arabamızı raydan çıkarabilir
Momentum ve konumun kesin olarak tahmin edilmesi imkansızdır
Beklenmedik ve bilinmeyen şeyler insan emri olmadan gerçekleşebilir

Hayatımızın geçmişi ve geleceği bile kontrolümüz dışındadır
Dünyadaki yaşam benzin ve devriyeden daha uçucudur
Sevgi, kardeşlik, mutluluk, neşe kolayca yapabilir veya bozabiliriz
Dünyayı güzel ve cennet gibi bir yer yapmak için, biraz acı çekmeliyiz
Aksi takdirde dinozorlar gibi bu dünyadan toparlanmak zorunda kalacağız.

Acı ve Zevk

Zevk ve acı hayatın ayrılmaz iki bileşenidir
Görelilik ve dolanıklık varoluşun her alanında işe yarar
Vücudun acısı yüz ifadesi yoluyla ifade edilebilir
Ayrıca, gizlesek bile zihnin acısı bedene yansıyabilir
Zihin ve beden ilişkileri, yaşamın sürmesi için mükemmel bir şekilde birbirine dolanmıştır

Maddenin fiziksel bedeni olmadan zihnin varlığı mümkün değildir
Ancak akıl olmadan, atom yığını daha ötesinde ve daha iyi bir şey yapamaz.
Madde enerji denklemi çok basittir ancak gerçekleştirilmesi zordur
Zihin beden dolanıklığı farklı bir dalga formu da olabilir
Zihin beden dolanması yoluyla tezahürümüz de rastlantısaldır

Doğa, maddeyi enerjiye dönüştürmenin ve tersini yapmanın basit yolunu bilir
İşte bu yüzden yıldızlar, galaksiler, evren ve bizler bu gezegende varız.
Canlı varlıklarda maddeyi enerjiye dönüştürme ve tersini yapma mekanizmaları doğaldır
İnsan uygarlığı bu basit numarayı keşfedebildiğinde
Fotosentez için klorofil genetik tuğlamızın bir parçası olacaktır.

Fizik Teorisi

Fakirler ve zenginler, sahip olanlar ve olmayanlar
Fizik kanunları herkes için eşit derecede geçerlidir.
Yaşayan her varlık için, elmalar her zaman düşecektir
Elma ağaçları kısa ya da uzun olsa da
İster kriket ister futbol olsun, yerçekimi tüm oyunlar için aynıdır

Fiziğin güzelliği, asla ayrımcılık yapmamasıdır.
Her zaman farklılaştırmaya çalışan yasaların üstünlüğü gibi değil
Doğa basittir, dolayısıyla doğa kanunları da basittir, fizik sadece
İnsan beyninin anlayabileceği en basit mantık
Herhangi bir doğa kanununu anlamak için beynimizi eğitmemiz gerekir

Fizik hipotezlerinin çoğu ilk olarak hesaplamalar yoluyla türetilmiştir
Böylece bazı doğa olaylarına kolay açıklamalar getirebiliriz
Teoriler deneylerle test edildiğinde ve yanlış oldukları kanıtlandığında
Başından beri insan uygarlığından atılmışlardı.
Gerçek teoriler deneylerin testine dayanır ve güçlenir.

Her Ne Olduysa Oldu

Özgür irademizden bağımsız olarak, olaylar farklı şekilde gerçekleşir
Her ne olduysa, bunu tersine çevirmek için başka seçeneğimiz yok
Olması gereken şeyler ya da olaylar olur
Gerçeği kabul etmekten başka alternatifimiz yok
Şimdiye kadar teknoloji bizi geçmişe geri götüremedi

Fizik, geçmiş, şimdi ve gelecek arasında bir fark olmadığını söyler
Her üç alanda da zaman aynı özelliklere ve doğaya sahiptir
Ama beynimiz olay ufkundaki ışık hızına göre ayarlanmıştır.
Zaman denen yanılsama, sadece anlık konumumuzu belirleyebilir
Birçok dinin hayatın bir yanılsama olduğunu düşünmesinin nedeni de bu olabilir.

Ne klasik mekaniğin ne de kuantum mekaniğinin açıklamaları vardır
Aynı DNA koduna sahip iki insan neden farklı duygusal ifadelere sahip?
Eğer zaman bir yanılsamaysa ve biz üç boyutlu bir hologramda yaşıyorsak
O zaman bu kadar büyük bir programlamayı nasıl ve kimin yaptığı sorusu
Ancak gerçek şu ki, özgür iradeimizi gerçekleşmeye zorlamak için elimizde hiçbir çözüm yok.

Duygular Neden Simetriktir?

Yoksul ya da zengin, başarılı ya da başarısız, hepsi temel parçacık yığınlarıdır

Kudretli kralların bedenindeki atomlar tebaasından farklı değildi

Duygular, ırklardan bağımsız olarak aynı sevinci, mutluluğu ve gözyaşlarını getirir

İsa çarmıha gerildiğinde, bedeninin çektiği acı diğerlerinden farklı değildi

Kimse bilmiyor, din adına, uluslar adına, neden başkalarını öldürdüğümüzü

Hayvanlardaki duygular bile aynı modelde ve simetriktir

İnsanlar onları zevk için öldürdüğünde, insanın duygusu entelektüel değildir

İnsanoğlu evrendeki her şeyin aynı maddeden yapıldığını hiç düşünmedi

Bu nedenle İsa'nın çarmıha gerilmesi önemlidir ve uygarlık için çevresel değildir

İnsan yaşamının var olabilmesi için sevgi, nefret, öfke gibi duyguların rasyonel olması gerekir.

Hayatın simetrisini unuttuğumuzda ve başkalarının acısını hissetmediğimizde

İsa'nın fedakarlığı boşa gidecek ve yaşamımız delilik olacaktır.

Parçacıklar asimetrik hale gelirse ahlak, etik, insanlık hepsi çökecektir

Tüm fizik, felsefe ve bilim teorileri varsayımsal olacaktır.

Canlıların bu dünyada var olabilmesi için benzerlik değil, simetri esastır.

Derin Karanlıkta da Yolumuza Devam Ediyoruz

Hayatın derin karanlığına girdiğimde
Tutuşumu güçlendirmeye çalışıyorum
Yol hareket etmek için çok kaygan
Sopam dualarımdan daha önemli
Yine de dualar ateş böceği gibi yol gösterir
İlerlemek için, her gece deniyorum
Geceler asla gündüz olmayacak
Bu doğanın kanunudur.
Karanlıkta, daha ileri gitmeliyim
Düşme sonucu yaralanma korkusu doğaldır
Uçurumdan atlayıp yolculuğu sonlandırmak anormaldir
Genetik kodun ve içgüdünün kölesiyiz
Karanlıkta bile devam etmek ve yaşamak temeldir
Bu yüzden yoluma devam ediyorum, varacağım yeri bilmiyorum.
Ancak derin karanlıkta hareketsiz kalmak bir çözüm değildir.

Varoluş Oyunu

Gözlemci ve temel parçacıklar arasındaki dinamik denge önemlidir

Görme yetisi ve eşeyli üreme yetisi olmayan alt düzey hayvanlar için farklı bir evren mevcuttur

Duyusal mekanizmaya sahip olmalarına rağmen, güzel dünyanın çeşitli güzelliklerinin farkında değildirler

Dünya ve galaksiler için, alt düzey canlıların farklı varsayımları olabilir

Ancak onlar da evrendeki gözlemcilerdir, çift yarık deneyi bunu şüphesiz kanıtlamaktadır

Kör olan insanlar arasında bile dünya algısı farklı olacaktır

Sadece kendi hayal güçleri ve başkalarından dinledikleri ile evren ortaya çıkacaktır

Eski günlerde işitme cihazı olmayan sağırlar, dünyanın sessiz olduğunu düşünebilirdi

Altı kör adamın fili ziyaret hikayesi sadece bir hikaye değil, aynı zamanda çok yerinde bir hikayedir

Görünen ve görünmeyen dünyadaki her şey kuantum dolanıklığı yoluyla garip bir şekilde birbirine bağlıdır

Ben öldükten sonra benim için evrenin varlığı yok, atalarımız için zaten evren yok

Gözlem aynı zamanda uzay, zaman, madde ve enerjinin varlığı için iki yönlü bir süreçtir

Bensiz, benim için, evrenin genişliyor ya da daralıyor olması bir sonuç bile değil

Ne kadar küçük olursam olayım, evren beni kendi alanında var olduğum sürece gözlemleyebilir.

Benim ayrılışımdan sonra, evren benim için mi var, yoksa ben evren için mi varım, aynıdır.

Doğal Seçilim ve Evrim

Doğal seçilim ve evrim her zaman optimizasyon ve en iyiye ulaşmak içindir

Ancak homo sapiens'in evriminden sonra, doğa uzun bir dinlenmeye çekilmiş gibi görünüyor

Yıkım ve inşaat teknolojisi erkekler tarafından tasarlanmış ve geliştirilmiştir

Artık açlığı ortadan kaldırmak için genetiğiyle oynanmış gıdalarımız var ama kuş gribi bizi tavuklarımızı kesmeye zorladı

Nükleer teknoloji enerji sağlamak ve aynı zamanda dünyayı yok etmek içindir.

Hiç kimse bir gün nükleer düğmenin açılmayacağını garanti edemez

Doğa, insan kafasını dört göz ve dört el ile kolayca simetrik hale getirebilirdi

O zaman Brütüs'ün arkadan bıçaklanması, insan uygarlığından sonsuza dek gitmiş olacaktı.

Belki de iki gözü ve iki eli olan bir kafa doğanın en yüksek optimum seviyesidir

İnsanın fizyolojik yapısının daha fazla gelişmesi doğa tarafından desteklenmiyor

Genetik mühendislerinin ve yapay zekanın bunu yapıp yapmaması artık etik bir sorudur

Ancak Schrödinger'in kedisini kutuda tutarsak, insanlık nasıl mantıklı bir çözüme ulaşacak?

Fizik ve DNA Kodu

Fizik ve kuantum mekaniği ahlak ve etiği nasıl açıklayacak?

Bunlar insan yaşamında önemlidir ve duyguların ifadesi temeldir.

Ahlak, etik, dürüstlük, kardeşlik olmadan uygarlık mümkün değildir

Rastgele bir kuantum yörüngesindeki insan yaşamı felaket ve korkunç olacaktır

Güç haklı olacaktır ve sadece yasalarla insanların öldürülmesini durdurmak imkansız olacaktır

İnsan yaşamı, varsayabileceğimizden ve biyoloji ile açıklayabileceğimizden daha karmaşıktır

Hiçbir kutsal kitapta, maymundan nasıl insan olduğumuzun kronolojisini içeren bir tarih mevcut değildir.

Kanser için önleyici ve iyileştirici tıp icat etme konusunda hala karanlıktayız

Genetik ve yapay zeka tüm hastalıkları dünyadan sonsuza dek silebilir mi?

Gerçekliğin hakikatine doğru ilerledikçe, cevaplardan çok sorular ortaya çıkıyor

Hayatın belirsizliği DNA'mıza korku ve batıl inanç kodlarını yazmıştır.

Doğum ve ölümün nedeni, bilimsel teorilerde kanıtlanmış bir çözüm yoktur

Doğaüstü güce karşı, belirsizlik ilkesi daha ziyade inancı güçlendirir

Fizik teorileri ile birlikte inançlarımızla kürek çekmekten başka alternatif yok

DNA kodunu değiştiren Tanrı denklemi kanıtlanmadan, din gelişmeye devam edecektir.

Gerçeklik Nedir?

Gerçeklik sadece organlarımızla görebildiğimiz ve hissedebildiğimiz maddi dünya mıdır?

Yoksa dinlerin açıkladığı gibi sadece bir yanılsamadan (Maya) mı ibarettir?

Kuantum fiziği ve temel parçacıklar konumdaki asıl oyuncular mıdır?

O zaman bilincimiz ve diğer insani duygularımız ne olacak?

Şimdi, fizik ayrıca kuantum evreninde sadece yerel olarak gerçek olduğumuzu söylüyor;

Yaşamın amacı, bilinç, ruh ve Tanrı hala fiziğin ilgi alanı dışında

Medeniyet tecrübemiz ve öğretilerimiz, etik değerlerimizi daima geliştirir

Bir çocuk, genç ve ölmekte olan bir adam için gerçeklik dinamik ve farklıdır

Oysa sevgi, nefret, kıskançlık, ego ve diğer duygular genetik koddur.

Tüm bu nitelikler ve içgüdüler, öğretiler ve deneyimler de aşınamaz

Gerçeklik de tıpkı ayrı kuantum parçacıkları gibi paketler halinde gelir

Bilinç olmadan, süreksizlik, dünyada yaşam mümkün değildir

Eğer gerçeklik bir yanılsamaysa, birileri tarafından yaratılmış bir hologram dünyasında mı yaşıyoruz?

Bilim de artık bu gerçeklik kavramının tamamen saçma olmadığını söylüyor

Paralel evreni doğrulayana kadar burada sevgi, kardeşlik ve empati ile yaşayalım.

Karşıt Güçler

Her gün mutlu olmak insan hayatının amacı mıdır?
Ya da sadece rahatlık ve acıyı azaltmak için çabalamalıyız
Daha uzun yaşamak ve servet biriktirmek tüm amaçlara hizmet eder mi?
Ya da her insanın önermesi gereken güzellik ve gerçeği aramak
Tüm bu şeylerin hiçbirine insanoğlu karşı çıkamaz

Maddi yaşamdan vazgeçip Keşiş olsak bile
Acı, hastalık ve ıstıraplar gelebilir ve korna çalmaya zorlayabilir
Keşiş ve aydınlanmış vaizlerin de açlığı var
İnsanlar tekrar normal hayata dönüyor, vazgeçmenin bir hata olduğunu söylüyorlar
Bulutların ve gök gürültüsünün olmadığı hiçbir yerde yağmur yoktur.

Doğanın temel içgüdülerinden biri çeşitliliği kolaylaştırmaktır
Çeşitlilik olmadan insanlar da refah bekleyemezler
Proton ve nötronla birlikte elektronlar da dayanışma içinde olmalıdır
Tüm insani duygular da simetri olmadan var olamaz
İnsan vücudundaki yaşam gizemli ve tamamlayıcıdır.

Zaman Ölçümü

Zaman sadece bir yanılsamadır ve bu yüzden önemli olduğunu bilmek için uzay-zaman alanı olarak adlandırılır.

Şimdiki anın varlığı çok nominaldir, ölçüme bağlıdır

Ölçüm saniye, mikro saniye, nanosaniye veya ötesinde olabilir

Geçmiş, şimdiki zaman ve gelecek, günümüz insan beyni tarafından kavranmak için üst üste gelecektir.

Fizikte geçmiş, şimdi ve gelecek arasında bir fark yoktur ve hız önemlidir

Zaman, entropi yoluyla termodinamik denge için doğanın bir özelliği olabilir

Ya da dalga fonksiyonu çöküşü yoluyla çürüme ve ölümün tezahürü için bir süreç

Gezegenler güneşin etrafında dönmeye başlamadan önce güneş sistemi için zaman yoktu.

Ne madde, ne enerji, ne temel parçacık, ne dalga ve yine de zaman gerçek eğlencedir

Canlıların duyguları ve temel içgüdüleri gibi, zaman da yanıltıcıdır, ancak zaman her zaman akıyor gibi görünür

Uzay, zaman, yerçekimi, nükleer kuvvetler ve elektromanyetizma o kadar mükemmel bir şekilde karışmıştır ki

Fiziksel alanda zamanın diğer doğal özelliklerden ayrılması mümkün değildir

Günümüz zaman ölçüm sistemi sadece insan yapımı bir zaman tablosudur

Eğer gerçekten fiziksel olarak varsa, görelilik bile paralel evrenlere göreli olacaktır.

Beynin kavranması ve zamanın ölçülmesi tamamen farklı olabilir.

Kopyalamayın, Kendi Tezinizi Gönderin

Hızlı, şimdiki zaman ve gelecek, doğum anında bir atom gibi birleşir.

Doğumdan sonra yaşam, yörüngede dönen kararsız bir elektron gibi bir anda rastgele hale gelir

Hayat ilerledikçe, farklı renkler yayan gökkuşağı baloncuğu gibi olur.

Ayrıca, yenilmiş bir savaş esiri gibi yavaş yavaş ölüm vadisine doğru ilerliyor

Yine geçmiş, şimdi ve gelecek birleşir ve yaşam öncü olarak sona erer.

Gözlemci dünyayı gözlemlemek için var olmalıdır, çünkü ölümden sonra madde-enerjinin, uzay-zamanın bir anlamı yoktur.

Yaşamı birleşik andan birleşik ana kadar canlı ve anlamlı kılmak en önemli şeydir.

Gözlemci ayrıldıktan sonra her şey önemsiz ve anlamsızdır.

Acı, zevkler, ego, mutluluk, para, zenginlik hepsi yok olacak ve parçalanacak

Noktadan noktaya önemlidir, yaşamdan, sevgiden, mutluluktan, sevinçten ve neşeden ayrılmayın

Eğer sting teorisinin açıkladığı gibi hayat sadece titreşimden ibaretse, birisi gitar çalıyor olabilir

Ebedi müzisyen bizim için sonsuza dek aynı melodiyi çalmayacaktır.

Bu melodiyle olabildiğince mükemmel dans edin ve var olduğunuz sürece tadını çıkarın

Hiçbir dansçının kaçınamayacağı ya da sonucuna karşı koyamayacağı olayların doğal akışı

Kendi ikigai'nizi takip edin ve melodinin tadını çıkarın ve sonunda harika tezinizi gönderin.

Yaşamın Amacı Yekpare Değildir

Temel parçacıkların rastlantısal ve amaçsız varoluşunda

Kişinin kendi yaşam amacını bulması ve deneyimlemesi çok kolay ya da basit değildir

İlerlemeye çalıştığımız her an, iç ve dış dirençle karşılaşırız

Zihin bir elektron gibi rastgele hareket edecek, yerçekimi her hareketi çekecektir

Biyolojik ihtiyaçlarımızı karşılamak için yiyecek, giyecek ve barınak edinmekle meşgul olmalıyız.

Atalarımızın ateşi, tekerleği, tarımı telif hakkı olmadan icat etmiş olması iyi bir şeydir.

Aksi takdirde, ilerleme, uygarlık çeşitli ve renkli değil, su geçirmez olurdu

Eski uygarlıklarda bile bazı insanlar fiziksel ihtiyaçların ötesinde yaşamın amacı konusunda endişeliydiler

Böylece, toplum ve insanlık için, insanın açgözlülüğünü dengeleyecek hipotezler, felsefeler öne sürdüler

Ancak şimdiye kadar, bilim ve felsefe, yaşamak dışında, insan ırkının amacının ne olduğunu tam olarak belirleyemedi.

Birçoğumuz için hayatın amacı, kendi amacını bulmak için güzelliği ve gerçeği aramaktır

Varlığımız sebepsiz bir yanılsama olabilir, ama kendi hikayemiz, güzelce oluşturabileceğimiz

Sonunda, amacımızı bulabilsek de bulamasak da, ölüm yasasına uymak zorundayız

En iyisi mutlu olun ve sevgiyle, hayırseverlikle ve kendi inancınızla dünyayı gezerek hayatın tadını çıkarın

Hiçbir insan bir ada değildir, insan hayatı sürekli evrim geçirerek gelişmektedir, amaç tek parça değildir.

Ağaçların Bir Amacı Var mı?

Özünde düşük bilince sahip tek başına bir ağacın herhangi bir amacı var mıdır?

Ne hareket edebilir, ne konuşabilir, ne de sevgi, ego ya da nefret gibi duygulara sahiptir.

Yaşamak için tek ihtiyaç gıda, o da hammadde hava, su ve güneş ışığının ücretsiz olması

Fotosentez yoluyla klorofil aracılığıyla kendi besinini hazırlar ve ağaç olarak durur

Yaşama ve gelecek için yavru üretme içgüdüsü dışında bencillik yok.

Ancak ekosistemde ağaçların bir bütün olarak diğer hayvanlar için çok daha büyük bir amacı vardır

Kuşlar ve hatta böcekler bile ağaçlardan daha yüksek bir bilince sahip olabilir

Ancak ağaçlar olmadan kuşların ne yiyeceği, ne barınağı ne de nefes almak için çok ihtiyaç duydukları oksijeni vardır.

Daha yüksek dereceli bir hayvan olan fil, büyük bir atom kümesi ile ormanlar olmadan hayatta kalamaz

Bütünlük içinde, birlikte yaşamak için, ağaçların etrafında, hayatta kalmak için diğer canlı varlıkların yapılarına izin verir

En yüksek bilinç düzeyine sahip olan biz homo sapiensler, ağaçlara eşit derecede bağımlıyız

Ancak bilincimiz, yüce bir hayvan olarak, ağaçları kesmekte özgür olmamıza izin verir

Zeka ve teknoloji ile kendi ekosistemlerimizi oluşturabiliriz

Oksijen salonları ile beton ormanlar, her zaman tercih edilen ve daha iyi barınaklar

Evrimde ağaçlar bizden önce gelmiştir ve eğer bir amacımız varsa, bu konuda ağaçlar yabancı değildir.

Eski Altın Olarak Kalacak

İnsan uygarlığını değiştiren keşifler olan ateş, tekerlek ve elektrik hala en önemlileridir

Daha iyi bir yaşam kalitesi ve bilim, teknoloji ve medeniyetin ilerlemesi için her şeye kadirdirler

Modern uygarlık için hala oksijen ve su gibidirler, onlar olmadan yaşam var olamaz

Yeni teknolojilerden bağımsız olarak, modern uygarlığın üçlü yapısı her zaman devam edecektir

Elektrik olmadan, modern ihtiyaçlar, bilgisayar ve akıllı telefon da yok olacak

Uygarlık da evrim yolunu izler, ilk keşfedilen en önemli şey

Ancak bunların önemi insanlar için hava gibi görünmez hale gelir, yine de paslanamazlar.

Ateşin önemini, pişirme gazı tüpü boşaldığında ve ateş olmadığında hissederiz

İniş sırasında uçağın tekerleği çıkmadığında, hissettiğimiz gerilim nadirdir

Elektrik olmazsa tüm dünya durur, paylaşacak iletişim kalmaz.

Eski altındır, daha birçok keşif ve icat için geçerlidir, şu anda zihnimiz için önemli değildir

Ancak, antibiyotikleri ve anesteziyi düşünün, bunlar olmadan bugünkü sağlığımız nasıl olabilirdi?

Bilgisayar ve akıllı telefonlar artık popülerliğin ve algılanan iktidarsızlığın zirvesinde

Ancak bunlar uygarlık ve insanlık için nihai ve en iyi çözüm değildir
Yeni ve benzersiz araçlar ve teknoloji, er ya da geç bilim insanları tarafından bulunacaktır.

Gelecek İçin Mücadele

Uygarlık tarihi savaş, yıkım ve insanların öldürülmesiyle doludur

Ancak tüm insan yapımı durumların üstesinden gelen uygarlık durmadı

Doğal afet geçmişte gelişen birçok medeniyeti yok etti

Yine de ilerleme ve daha kaliteli bir yaşam arayışı ivmesi devam ediyor

Milyonları katleden kötü krallar da vardı, Kral Süleyman gibi bilge krallar da

Tüm keşifler ve icatlar kara kutunun dışında düşünen insanlar tarafından yapılır

Bir gün insanoğlu çiçek hastalığı gibi birçok öldürücü hastalığın kökünü kazıyabilir hale geldi

Günümüz fizik bilimi Galileo ve Newton'un hayal gücü ile başladı

Einstein'ın insanlığa söylediği gibi, hayal gücü bilgiden daha önemlidir.

Evreni hayal gücüyle incelemek için bilim insanları kararlılıklarını gösteriyor

Kuantum fiziğinin tüm yeni dünyası, gerçekliği açıklayan güzel bir şiir gibi ortaya çıktı

Kuantum mekaniği aynı zamanda insan uygarlığına sayısız olasılığın kapılarını açmıştır.

Yine de zaman, uzay ve yerçekimi hakkında cevaplardan çok sorularla karşı karşıyayız

Yeni insanlar doğayı tanımak için yeni hipotezler, teoriler geliştiriyor ve yeni deneyler yapıyor

Aynı zamanda, ekoloji, çevre ve biyoçeşitliliğin dengelenmesi gelecek için büyük bir zorluktur.

Güzellik ve Görelilik

Dünya okyanusları, dağları, nehirleri, şelaleleri ve daha fazlasıyla çok güzel

Ağaçlar, kuşlar, kelebekler, çiçekler, kedi yavruları, köpek yavruları, gökkuşağı doğanın dükkanında

Ancak güzellik mutlak değildir ve bakan kişinin doğayı gözlemlemesine bağlıdır.

Güzellik duygusu nesilden nesile ve kültürden kültüre değişmiştir

İşte bu yüzden güzellik görecelidir ve en önemlisi de bir gözlemci olmalıdır.

Bilinçli bir gözlemci, görecek bir göz ve hissedecek bir beyin olmadan güzelliğin hiçbir önemi yoktur

İnsan için de okyanusların altındaki keşfedilmemiş ve görülmemiş güzelliklerin hiçbir önemi yoktur

Doğanın güzelliğinden zevk almak bireysel bir seçimdir ve bir kadın bile bir başkası için daha güzel olabilir.

Bu, erkek homo sapienslerin hiç de yakışıklı olmadığı anlamına gelmez

Erkekler ve kadınlar için güzellik tanımı farklı kuantumdadır.

Dinamik Denge

Dünya ananın dinamik dengeye ulaşması milyonlarca yıl sürdü.

Dünyanın ve evrimin başlangıcından bu yana, doğa bir sarkaç gibi hareket etti

Dünya iklimi dinamik denge durumuna ulaştığında ve

Evrim süreci insan denen zeki hayvanları yarattı

İnsanlar kendi ilerleme ve refah kavramlarını oluşturdular

Doğal manzarayı, çevreyi tuhaf bir şekilde kirlettiler

Tepeler düzlüklere dönüştü; su kütleleri mesken oldu

Ormanlar, ağaçlar ve bitkiler kesilerek çöle dönüştürüldü

Büyük göllere dönüşmek üzere tıkanan nehirler bitki örtüsünü yutuyor

Su döngüsünün dinamik dengesi bozulmaya başlar

Küresel ısınma artık iklimi uçucu değişime doğru itiyor

İnsanların neden olduğu kirlilik artık hoşgörü sınırları içinde değil

Seller, buzulların erimesi, soğuk fırtınalar artık tahribat yaratıyor

Dinamik dengeyi yeniden tesis etmek için homo sapiens'in yeni bir teknolojinin kilidini açması gerekmektedir.

Kimse Beni Durduramaz

Kimse beni durduramaz, kimse dikkatimi dağıtamaz
Ruhum yılmaz, tavrım olumlu
Ne gökyüzü ne de ufuk sınırlayıcı bir faktör değildir
Ben kendim filmimin oyuncusu ve aynı zamanda yönetmeniyim
Engeller gece ve gündüz gibi gelir ve gider
Ama hiçbir hayat mücadelesinde yenilgiyi kabul etmedim.
Bazen, ringde, pozisyonum sıkıydı
Yine de tüm gücüm ve kudretimle geri döndüm.
Bir zamanlar bana deli ve çılgın diye gülen insanlar
Şu anda bile günlük ekmek parası kazanmaya çalışıyorum
Onların sözlerini dinleseydim ve yenilgiyi kabul etseydim
Bugün çamura düşseydim, bu benim kaderim derdim.

Asla Mükemmelliği Denemedim, Ama Gelişmeye Çalıştım

Hiçbir konuda ya da eserimde mükemmel olmaya çalışmadım.

Mükemmellik bir hedef değil, sürekli bir süreçtir

Hiç kimse doğal olandan daha iyi bir gül yapamaz

Doğa da evrim yoluyla mükemmelliğe giden bir yolculuktadır

Milyarlarca yıl sonra bile doğa hala daha iyiye doğru hareket ediyor;

Sadece mükemmelliğe odaklandığımızda, hareketimiz yavaşlar

Sadece elimizdeki mücevhere odaklanıyoruz ve onu mükemmel bir taçla parlatıyoruz

Yolculuk sırasında hem hayattaki birçok şeyi hem de farklı ormanları özledik

Mükemmellik arayışı vizyonumuzu daraltır ve yaşamımızı turnuva ile sınırlandırır

Daha iyisini yapmak için pratik yapın, kısıtlama olmadan mükemmelliğe doğru ilerleyecektir;

Mutlak olarak değil, en iyiden daha iyisi için kıyaslama yapın

Değişim her an, herhangi bir bildirim ya da uyarı olmaksızın gerçekleşiyor

Doğanın yasası ve dürtüsü değişmek ve yarını daha iyi hale getirmektir

Mükemmelliğe ulaşırsak, gerçeği ve güzelliği arama yolculuğumuz sona erecektir

Yaşamın bir anlamı olmayacak, dolayısıyla evren de farklı bir tür olacaktır.

Öğretmen

Öğretmen ve öğrencinin birbirine dolanması kuantum dolanması gibidir

Bir öğrencinin iyi bir öğretmenle ilişkisi kalıcıdır

Saygı, öğretmenin kişiliğinden ve kaliteli öğretilerinden gelir

İyi bir öğretmenden öğrendiklerimiz sonsuza dek aklımızda ve kalbimizde kalır

Öğretmenler gününde tüm sevgili ve harika öğretmenlerimizi anıyoruz

Öğretmene saygı öğrenciye dayatılamaz veya zorla kabul ettirilemez

Karakter, davranış ve öğretim kalitesi daha önemlidir

Bir öğretmen duygusal ve kişisel sorunlarda ihtiyaç duyulan bir arkadaş olduğunda

Öğrenci için, tüm yaşamı boyunca, öğretmen bir amblem olarak kalır.

Sevgi ve saygı iki yönlü bir süreçtir, her öğretmenin içinde var olmalıdır.

Yanıltıcı Mükemmellik

Mükemmellik zor bir kovalamaca, yanıltıcı ve seraptır
Kelebeği kovalayıp kanatlarına zarar vermeyin
Bugünü dünden daha iyi yapmak kolay yaklaşımdır
Zamanla istediğiniz mükemmellik seviyesine ulaşırsınız
Pratik mükemmelliğe götürür, santim santim
Sahilde aile ile oynamak da önemlidir
Bu, örümcek ağlarınızı kaldıracak ve daha fazla pratik yapmanıza yardımcı olacaktır
Bir gün, kumlu sahilde uçan güzel kelebekler bulursunuz
Mükemmellik ile yeni şeyler yaratmak sizin özünüz olacak
İnsanlar sonuçlarınızı takdir edecek, kapınıza dayanacak.

Temel Değerlerinize Bağlı Kalın

Her zaman ilkelerime ve temel değerlerime bağlı kalırım
Bu yüzden, kaçırdıklarım veya kazandıklarım için pişmanlık duymuyorum
Doğruluk ve dürüstlükten, en kötü durumda bile asla vazgeçmedim
Bağlılık için iflas etmeyi tercih ettim.
Başkalarını hileli yollarla kandırmak yerine
Finansal kayıplarımın uzun vadeli kazancım olduğu kanıtlandı
Doğruluk, dürüstlük ve bağlılık yağmurda şemsiye oldu
İnsanlar beni tanımadan yumuşaklığımdan faydalandılar.
Ama uzun vadede, sağlam durdum, ısrarım anahtar oldu
Değerlerim onları desteklemediğinde insanlar geldi ve gitti.
Azim ve gülümsemeyle, krallığımı ileriye taşıyorum
Boş mideyle, başkalarını suçlamadan gökyüzünün altında uyuduğumda
Görünmez bir güç her zaman arkamda durur, tıpkı babam gibi.
Dürüstlük, doğruluk, dürüstlük roket bilimi değildir
Onları bilincimiz ve vicdanımız olarak birleştirmeliyiz.
Kimsenin para ya da servetle ölçemeyeceği değerler
Tüm değerler benimle birlikte yaşayacak ve ölümümde de benimle birlikte olacak.

Ölümün İcadı

Ölümün icadı ya da keşfi homo sapiens'in ilk keşfi midir?

Ölüm, uygarlığın ilerlemesinde ateş ve tekerlekten daha fazla öneme sahiptir

Zamanın sınırlılığı insanları ölümsüzlük arayışına teşvik etti

Sonunda insanlar ölümsüz olma çabalarının boşuna olduğunu anladılar

Uygarlık, ölümün nihai gerçeklik olduğunun farkına vararak yoluna devam etti;

Buda, İsa ve tüm hakikat vaizleri herkes gibi öldü

Ayrıca ölüm dışında dünyadaki her şeyin gerçek dışı olduğunu öğrettiler.

Barış ve şiddetsizlik insanlık için savaştan daha önemlidir

Yine de, savaşsız bir uygarlıktan, homo sapiens

Şimdi yine insanlar ölümsüzlük için uğraşıyor, bir yıldıza taşınıyor;

Ölüm gerçeğini öğrendikten sonra bile insanlar kavga ediyor

Ölümsüzlük ile, bir tür olarak, insanlar için bütünleşmek imkansız olacaktır.

Nükleer silahlar ellerindeyken, insanlar kendi ölümlerini unutacaklar

Yaşayan her varlığın yok edilmesi bir gün kaderimiz olabilir

Milyonlarca yıl sonra, bazı türler savaş ve nefreti tamamen ortadan kaldıracak.

Özgüven

Özgüven size özsaygıyı getirecektir.
Özgüven olmadan hayallerinizi gerçekleştiremezsiniz.
Güvenle, bilgi ve bilgelik daha iyi çalışır
Sıkı çalışmanız sizi hep birlikte hayale doğru itecektir
Gelecekte taşındığınızda hayaliniz gerçeğe dönüşecek
Sebat ve azim özgüvenle birlikte gelir
Kararlılıkla, tüm dirençlerin üstesinden kolayca gelebilirsiniz
Hayalleriniz gittikçe büyüyecek
Tutumunuzda, her adımınızda, sadece yapın tetikleyecektir
Zihin setiniz, performansınız, sonuçlarınız sonsuza dek değişecek.

Kaba Kalmaya Devam Ettik

Zaman alanında geriye doğru gittiğimizde
Her şey mükemmel değildi, çok iyiydi.
Homo sapiens'in ortaya çıkışı dev bir sıçramadır.
Bundan sonra, binlerce yıl, yavaş süreç doğa tutmak
Bazen görünür, duyulabilir bir bip sesi vardı
Homo sapiens'i bekleyin, başkaları için evrim, sonsuza dek uyku
Dünya akıllı insanların tımarhanesi haline geldi
Konfor ve zevk için birçok şey keşfettiler
Yine de doğal süreçler birçok insan ırkını halkaların dışına itti.
Doğal güçler homo sapiens'in kontrolü dışında kaldı
Böylece, doğal güçleri bastırmak için insanlar istifa etmek zorunda kaldılar.
İnsanoğlu doğal güçleri kontrol etmek yerine çeşitliliği yok etti
Ekoloji ve çevre güzelliğini ve çoğulluğunu kaybetti
Kendi homo sapiens arkadaşlarını katletmek bile yaygındı.
Haçlı seferleri ve dünya savaşları milyonlarca insanın ölümüne neden oldu.
İsa uzun zaman önce barışı ve gerçeği öğretmeye çalıştığı için çarmıha gerildi
Ancak şimdiye kadar doğaya, çevreye, ekolojiye ve insanlığa karşı kaba davrandık.

Neden Kaotikleşiyoruz?

Barış, huzur, tekdüzelik ve tek dünya düzeni mümkün değildir

Bunun nedeni termodinamik yasalarıdır, çok basittir

Düzensiz bir evrenden düzene doğru gitmek için entropinin düşmesi gerekir

Ancak entropi yasası bilimlerin en önemli taçlarından biridir

Temel parçacıkları sıraya koymak için zamanın tersine dönmesi gerekir;

Fizikte geçmiş, şimdi ve gelecek arasında bir fark yoktur

Bunları doğanın özelliklerinden gördüğümüzde hepsi aynıdır

Şimdiki zaman ölçüm için mili, mikro veya nanosaniye olabilir

Böyle bir gözlemi yaparken gözlemcinin varlığı daha önemlidir

Kara enerji, antimadde ve diğer birçok boyut hala her şeye gücü yeten

Tüm boyutları bilmeden, evreni körlerin fili açıklaması gibi açıklayabiliriz.

Ancak nihai gerçeğin basitçe açıklanabilmesi için bilinmeyen tüm boyutlar önemlidir

Kuantum olasılığı aynı zamanda sonsuz uzay-zaman, madde-enerji alanında bir olasılıktır

Eğer tüm görünmez boyutları açıklayamıyor ve anlayamıyorsak, fizik nasıl sinerji getirebilir?

Galaksilere doğru hareket etmek için ışık hızının eşiğini aşsak bile, her şeyi bilmek için

Biz geri dönmeden önce, güneş sistemimiz gerekli enerji eksikliği nedeniyle çökebilir ve düşebilir.

Yaşamak mı Yaşamamak mı?

Bilim insanları ve araştırmacılar yakında insanın Ölümsüzlüğünü öngördüler

Yapay zeka ile teknolojik patlama yaşanacak

İnsan bedeninin fiziksel acı ve ıstırapları için yer olmayacaktır.

Hayat hiçbir iş yapmadan zevk ve eğlence dolu olacak

Spekülatif hisse senedi piyasasında gelecek için yatırıma gerek yok

Robotlar tarafından hazırlanan yiyecekler farklı cennet tadına sahip olacak

Fiziksel beden, spor ve eğlence en iyi ihtimalle

İnsanlar çalışma ve dinlenme arasındaki farkı anlamayacak

Bilim insanları emeklilik yaşının ne olacağını tahmin edemedi

Halihazırda emeklilik aşamasında olan kişilere ne olacak?

Sevgi, nefret, kıskançlık ve öfke gibi insani duygular hakkında tahminler yok

Beden daha güçlü olduğu için daha fazla kavga ve fiziksel dövüş olacak mı?

Yaşamak ya da yaşamamak bireylere bırakılmalı, ölümü durduracak yasalar olmamalı

Ama Ölümsüzlükten sonra bile eminim ki ayrılıklar ve ağlamalar olacaktır.

Daha Büyük Resim

Büyük resimde bu evrendeki rolüm nedir?

İkna edici bir cevabı olmayan zor bir soru

Varoluş amacım hakkında cevap vermek daha zor

Bilim ve felsefede beni ikna edecek özel bir cevap yok

İlerlemeli ve sonuna kadar tek başıma aramalıyım.

Gerçeği ararken kimse bana eşlik etmeyecek.

Eşim de dahil olmak üzere herkes farklı bir yol seçti

Benim deneyim ve inançlarımı kimse değiştiremez, ben yeniden başlatmak zorundayım

Ancak biyolojik beynin hafızasını silmek ve tamamen ortadan kaldırmak zordur

Belirli bir neden ve sebep olmaksızın her an nüksedebilir

İnançlarım, bilgim ve bilgeliğim hayatın nedenini bulmadıkça.

Ufkunuzu Genişletin

Sonsuz evreni ve olasılıkları görmek için zihninizin ufkunu genişletin

Kara kutunuzdan ve konfor alanınızdan çıktığınızda, gerçekleri görebilirsiniz

Ne dürbünler ne de teleskoplar sonsuz evreni hissetmenize yardımcı olabilir

İnsanoğlunun hayal gücü, ufkun ötesinde vizyonlar aşılayabilir.

Gözler bir nesneyi sadece görebilir, ancak beyin sadece bilimsel akılla analiz edebilir

Zihninizdeki papağanın erken yaşta kafesten dışarı çıkmasına izin vermezseniz

Çevredeki sahnede diğerlerini eğlendirmek için sadece birkaç kelimeyi tekrar edecektir

Zihninizi renkli gözlükleri çıkarmanın ötesine bakacak şekilde genişlettiğinizde, hayrete düşeceksiniz

Galaksilere, kuyruklu yıldızlara ve yaşamın gerçekliğine bakmak için vizyonunuz netleşecek, hayatınızı gazlı bezle kaplayabileceksiniz

Doğayı anlamak için gerçek bilgeliğe sahip olduğunuzda, ayak izleriniz, geleceğin izini sürecektir.

Zihin ufkunu genişletmek kolay, çünkü kara kutunun anahtarı elinizde

Kumun üzerinde yatan anahtarın üzerindeki asırlık öğretilerin ve dini önyargıların tozlarını temizleyin

Galileo uzun süre yaşlanabiliyorsa, hayatınızı kolayca değiştirebilirsiniz, gücendirmekten korkmayın

Hayatınız, bilgeliğiniz, yolunuz kimse güllük gülistanlık yapmaya ya da anlamaya çalışmayacak

Bu gezegendeki zamanınız sınırlı, bu yüzden ne kadar erken fark ederseniz ve harekete geçerseniz o kadar iyi, gerekirse hayata bir viraj verin.

Biliyorum.

Biliyorum, ben öldüğümde kimse ağlamayacak.

Bu, insanları sevmeyi bırakmam gerektiği anlamına gelmez.

Ölümümden sonra timsah gözyaşları dökmek için doğmadım ya da yaşamadım

Aksine insanları seveceğim ve onların kalplerinde yaşayacağım.

Cömertliğimi ve yardımımı, birileri sessizce hatırlayacak

Dolayısıyla, insanlara ve insanlığa iyilik yapmak benim önceliğim ve sağduyumdur.

Kendi çıkarları için bencil insanların sahte övgülerine ihtiyacım yok

Masum sokak köpeklerine ve hayvanlara daha iyi yardım etmek mükemmel

Daha az karbon baskısı ve ağaç dikmek bile daha iyi etki yaratacaktır

Sevgim ve hayırseverliğim herhangi bir karşılık ya da bir şey beklemek için değildir

Kardeşliği ve barışçıl ortamı yaymak için

Nefret ve şiddeti toplumsal çemberin dışına itmek

Elbette bir gün herkesi sevmek ve hiç kimseden nefret etmemek kral olacaktır.

Amaç ve Sebep Aramayın

Bu dünyaya kendi isteğimiz ya da özgür irademiz olmadan bir amaç için geldik

Oysa bizim doğumumuz oğul, kız, kız kardeş ya da mirasçı olmak üzere çok amaçlıydı.

Ebeveynler, toplum atalarımız tarafından keşfedilen şeyleri öğrenme amacımızı sabitler

Bilgi, beceri ve bilgelik arayışında hayatımız çok amaçlı hale gelir

Evlendikten ve çocuk sahibi olduktan sonra, çekirdek aile evrenimiz olur

Gençliğimizde hayatın amacı ya da anlamı üzerine düşünecek zamanımız olmadı.

Maddi şeyler elde etmek, yemek yemek ve iyi uyumak hak ettiğimiz en iyi amaçtır

Yaşlandıkça, varoluşumuzun anlamı hakkında düşünmeye başlarız

Hayatımızın amacı ve tezahür nedenleri için rezonansı duymuyoruz

İnsanların çoğu amacını ve nedenini bilmeden mutlu bir şekilde ölür

Birkaç amaç ve neden arayışı için hayat serap ya da hapishaneye dönüşür.

Doğa Sevgisi

Kendimizi doğadan giderek daha fazla uzaklaştırdıkça
Hayatlarımızda birçok gerçeği ve çok fazla hazineyi kaçırıyoruz
Klimalı şehirlerde yaşamak sadece bizim geleceğimiz mi?
Diğer canlıların yaşam alanları için ormanları kurtarmaya çalışıyoruz
Ama zevkimiz için doğayı ve ekolojiyi yok etmek

Medeniyetin başlangıcından bu yana insanlar doğayla iç içe yaşadılar
Ancak yüksek binaların gelişimi, akıllı telefon bunu tamamen değiştirdi
Evde otururken daha fazla kalori aldık ve sonra spor salonuna gittik
Hızlı ve sağlıksız beslenen milyonlarca kişi kalsiyum eksikliği çekiyor
Modern şehirlerde prim ödeyerek yüz yıl yaşamanın eğlencesi nedir?

Yaşlılıkta konfor ve güvenliğe sahip olmak için çok fazla çalışıyoruz
Ama bunu unutun, hayali bir gelecek için bugünümüzü kafeste mahvediyoruz
Şimdi vahşi olduğunu düşündüğümüz büyük büyükbabamızın hayatı daha iyiydi.
Modern teknolojiler ve doğa ile yaşamı dengelemek cesaret ister
Onlarca yıl komada yaşamak gerçek hayat değil, boş bir geçittir.

Özgür Doğdu

Doğduğumuzda amacımız, hedeflerimiz, misyonumuz ve vizyonumuz olmadan özgür doğduk

Her hareketimiz için ebeveynlerin, ailenin ve toplumun farklı dayatmaları vardır

Bilincimiz çevremizden ve yaşadığımız ortamdan kaynaklanır

Değer sistemi de genetik kodlar aracılığıyla değil, ebeveynlerin, öğretmenlerin

Özgür doğarız, ancak kovanda doğduğumuz için dil, inanç, din seçmekte özgür değiliz

Zihnimiz korku, şüphe ve ortak hedefler için kısıtlanmış düşünme ile büyür

Çok fazla bölünme zihniyetimizi etkiledi ve her adımda çoğunluğun çağrısına göre hareket etmeliyiz

Özgür doğarız, ancak hayatta kalmak için doğuştan gelen eksiklikler nedeniyle özgür büyümeyi göze alamayız

Homo sapiens genetik olarak sürü zihniyetine sahip olmaya ve sosyalleşmeye yatkındır

Ve hayatlarımız kast, inanç, renk, din adına politik olmaya zorlandı.

Yetişkinlikle birlikte vatandaş olduğumuzda, çok sayıda ama ve fakat ile özgür iradamize sahip olabiliriz.

Eğer oyunların kurallarına uymazsak, sözde özgürlüğümüz her an toplum tarafından kapatılabilir.

Özgür doğarız, ancak özgürlüğümüz kısıtlamalar olmadan özgür değildir, herkes buna uymak zorundadır

Eğer toplumunuzun ve ulusunuzun iradesine karşı radikal bir şey yaparsanız, özgürlük balonu patlayacaktır

Eğer korkusuzsanız ve kendinize güveniyorsanız, zihin özgürlüğü daha az ve sonsuz bir sınırdır.

Yaşam Süremiz Her Zaman İyidir

Hayatımızın uzun ömürlü olması her zaman iyidir
Zamanında çalışmamız ve yemek yememiz şartıyla
Hafta sonu arkadaşlarımızla şarap içip eğleniyoruz
Kendi zamanımızı tek kaynağımız olarak kullanmak
Ölümden önce, kesinlikle parlayacağız;
Üniversite günlerimizde göreceliliği asla fark etmedik
Asla zamanımız olmadı, asla ailemizin söylediklerini dinlemedik
Yağmurlu günlerimizde bile gökyüzünde sadece gökkuşağı gördük
Altmış beş yaşından sonra emekli olup yalnız yaşamaya başladığımızda
İzafiyet teorisi otomatik olarak hormonumuza gelir;
Hayatın çok kısa olmadığını ve zamanın çok hızlı olduğunu söyleyeceğiz
Sonsuza dek yalnız gezegenin etki alanında kalmak istemeyeceğiz.
Hayat denen oyunda, samimiyetle, rolümüzü oynayalım
Sağlığımız, organlarımız, hareket kabiliyetimiz ve zihnimiz paslanmaya başlayacak
Bir gün, mezarlıkta dinlenmekten, toz toplamaktan mutlu olacağız.

Üzgün Değilim

Biri benden nefret ediyor, bu benim hatam olabilir.

Biri bana kızdı, benim hatam olabilir.

Ama biri beni kıskanır ve çekemezse

Hata benim olmayabilir, ama sorun değil.

Yine de tüm nefret edenleri seviyorum ve onlara gülümsüyorum

Kendimi asla üstün hissetmem, ama aşağılık hissetmek onların kendi hatasıdır

Beyhude bir entelektüel saldırı denediler

Ama intikam almamaya ve affetmemeye her zaman kararlıyım.

Başkalarını memnun etmek için ilerlememi ve hareketimi durduramam

Yaratıcılığımı ve ilerleme ruhumu sonsuza dek öldürecek

Bu yüzden, sevgili dostlarım, ne üzgünüm ne de geriye dönebilirim.

Ben sevdiğim şeyi insanlık için yapıyorum, sizin ödülünüz için değil.

Erken Yatmak ve Erken Kalkmak

Erken yatmak ve erken kalkmak insanı sağlıklı, zengin ve bilge yapar

Bu popüler deyiş doğru veya yanlış olabilir, kesin bir bilimsel veri mevcut değildir

Yine de çalar saatin yükseldiği ilk beş dakika gün için çok önemlidir

Uyanışınızı beş dakika ertelemeyi düşünmeden önce üç kez düşünün

Beş dakika hiç şüphesiz iki ya da üç saate dönüşecek

Günün faaliyetlerine geç başlamanız için kendiniz bağıracaksınız

Bugün yapılması gereken iyi bir işin yarına ertelenmesi

Ertesi gün, aynı beş dakika size daha fazla baskı ve üzüntü getirecektir

Dakikalar yavaş yavaş günlere dönüşecek, haftalar ve aylar yavaş yavaş geçecek

Mevsimler size sessizce haber vermeden her zamanki gibi gelip geçecek

Yeni Yıl Gününü arkadaşlarınızla ve diğerleriyle birlikte neşeyle kutlayacaksınız

Erken yatıp erken kalkmak ve alarmı zarifçe durdurmaktan kaçınmak daha iyidir.

Hayat Basitleşti

Hayat çok basitleşti, yemek yemek, konuşmak veya akıllı telefonda sörf yapmak

En işlek alışveriş merkezlerinde veya caddelerde ya da popüler mutfaklarda aynı manzara

Teknoloji yaşam tarzımızı ve ifade biçimimizi tamamen değiştirdi

Ancak etik paradigma değişimi için teknolojinin bir çözümü yok

İnsanoğlu bireyci ve benmerkezci hale gelir

Yeni bir uygarlığın kulağında, homo sapiens ile birlikte tüm türler

Yerçekimi ve diğer kuvvetlere karşı hareket etmek için gereken enerji aynı kaldı

Temel içgüdülerin açlığı ve arzusu, şimdiye kadar teknoloji tarafından evcilleştirilemedi

Yaşam ve ölüm, hayatta kalma ve daha iyi bir yaşam için mücadele, hala aynı oyun

Teknoloji, basit yaşam için sürekli bir süreçtir, karmaşa için biz suçluyuz.

Dalga Fonksiyonunun Görselleştirilmesi

Kuantum ya da temel parçacıkların dünyası kozmos kadar tuhaftır

Milyonlarca ışık yılı uzaktaki bir yıldız gibi, hiçbir kuantum parçacığını gözlerimizle göremeyiz.

Temel parçacıklar görebildiğimiz, hissedebildiğimiz ve dokunabildiğimiz her maddede mevcut olsa da

Beynimizin mekanizması kısıtlıdır ve sadece dolaylı yöntemlerle görebilir veya hissedebilir

Foton ya da elektronun dolanıklığı kavramı da dolaylı bir gözlem olarak kayıtlara geçmiştir;

Bir çift ayakkabı benzetmesi ile dolanıklık kavramı bize açıklanmaktadır

Ancak kap ve dudak arasındaki doğal belirsizlik, her zaman parçacıklarla birlikte kalır

Parçacıklar evrende farklı şekillerde bir araya gelerek görünür maddeleri oluşturur

Yine de güzel protonu, nötronu, elektronu ve fotonu boyunlu gözle görmek mümkün değil

Temel parçacıkların özellikleri hakkında bilgi sahibi olmak ancak deneyler yoluyla mümkündür;

Ay veya en yakın gezegenler hakkındaki bilgilerimiz henüz kapsamlı ve tam değildir

Temel parçacıklar, evren ve kozmos hakkında bilgi sahibi olmak için kimse zaman sınırı belirleyemez

Uygarlık, yeni teorileri ve hipotezleri öğrenmek, unutmak ve öğrenmek zorundadır

Ancak bilinç, zihin ve ruhlar hakkında bilgi sahibi olmak insan için hala yanıltıcı ve temeldir.

Bir gün mutlaka bilincin dalga fonksiyonu çöküşünü bulacağız, bunu hiçbir şey engelleyemez.

Sekiz Milyar

Aşk, seks, Tanrı ve savaş uygarlığın ekosisteminin kaderini belirliyor

İklimin dinamik dengede olması için çevre ve ekoloji önemlidir

Teknoloji iki tarafı keskin bir kılıçtır, bilgeliğimize göre inşa edebilir veya yıkabilir

Teknolojik gelişmeye, aşk, seks, Tanrı ve savaş hiçbir engel koyamaz.

Aşk ve seks olmasaydı, evrim süreci ilerleme kaydetmeden dururdu.

Ramayana, Mahabharata, Haçlı Seferleri, dünya savaşlarının cerrahi çözüm olduğu söylendi

Ancak bugün teknoloji insanlığa yeni yollar, bilgelik ve yeni bir yön sunuyor

Aynı zamanda teknoloji, çevre ve ekolojiyi yıkıma doğru itiyor

Tanrı insanlığı kast, inanç, renk, sınırlar ve dinin ötesinde birleştirmeyi başaramadı

Sadece aşk ve seks insanları insan olarak birleştiriyor ve sekiz milyar olmamıza yardımcı oluyor.

Ben

Benim varlığım dünya, güneş sistemi ve galaksimiz için önemsizdir.

Çünkü sadece düzensizliğe katkıda bulunabilir ve sistemin entropisini artırabilirim

Hastalığa yaptığım katkıyı tersine çevirmenin hiçbir yolu veya imkanı yok

Yaşam süremiz boyunca enerji ve maddeyi akıllıca kullanmayı düşünebiliriz

Entropiyi azaltmak için termodinamik yasalarından kurtulacak teknoloji yok

Yapabileceğim tek şey, bu gezegendeki kirliliği ve karbon ayak izimi azaltmak

Ayrıca homo sapiens dostlarım arasında gülümseme, sevgi ve kardeşlik yayabilirim

İnsanlar güzel gezegenin flora ve faunasını bilerek yok ediyor

Bu gezegene doğal kaynakları tüketmek ve yok etmek için geldiğimizi hissediyoruz

Ancak bu durum küresel iklimi ve onun gelecekteki seyrini geri dönülemez bir şekilde değiştirdi

Teknoloji bize farklı, verimli ve yeniden kullanılabilir enerji kaynakları sağlayabilir

Yine de entropi artışı bir gün yok edici güçlerle patlayacaktır.

Konfor Sarhoş Edicidir

Rahatlık sarhoş edici ve bağımlılık yapıcıdır

Yiyecek ve barınma arzusu baştan çıkarıcıdır

Ancak konfor bölgesinde daha az üretken oluruz

Bilim insanları konfor alanlarında yaşayarak asla yeni şeyler icat edemezler

Buluş için tek başlarına derin denizlere açılmaları gerekir.

İnsanların yiyecek, barınak ve giyecek arzuları onları karada tutuyor

Akıllı kısa sürede göçün ve ivmenin çekirdekte olduğunu fark etti

Cesurca rahatlıktan çıktı ve yüzmek için atladı denizin kükremesini görmezden geldi

Yeni şeyler keşfetme ve deney yapma arzusu buluşun özü

Uygarlık göçler sayesinde ilerledi ve gelişti

Belirsizliğin olduğu dünyada güvenli bir sığınak yoktur

Konfor bölgesi arzusu da kuantum olasılığı ile sınırlandırılmıştır.

Özgür İrade ve Amaç

Yaşamın amacı yaşamak, yaşatmak ve çoğalmak mıdır?

Ya da yaşamın amacı DNA kodunu topluca korumaktır.

Kalan tek bir ürünü çoğaltmama seçeneğimiz var.

Genetik kodu korumak için bir üçgen olmalı.

Baba, anne ve çocuklar olmadan, kod çökecek

Özgür iradenin kararlarda her zaman bir rolü vardır

Ancak özgür irade belirsizlik ve değişkenlikle ilişkilidir

Gelecek alanında, özgür iradenin amacı

Sezgilerinizi takip edin ve sadece iradenizi uygulayın kural basittir

Özgür iradeniz ve amacınız asla bütünleşmese bile, alçakgönüllü olun.

İki Tür

Bu dünyada eskiden birlikte çalıştığımız sadece iki tür insan vardır

Kötümser, hareket etmek için hiçbir girişimde bulunmaz ve iyimser, her zaman hareket halindedir

Çok fazla düşünmeden sadece yapın ve yarına erteleyin

Bir tür olumlu tutum, diğer tür ise olumsuz tutum

Sonuçlar hakkında çok fazla düşünür ve analiz yaparsak, yeni bir başlangıç yapmamız mümkün olmaz.

Günün sonunda ve nihayet yaşamın sonunda, arabamız boş olacak

Çıpayı çıkarın ve gelecekteki fırtınaları düşünmeden yelken açmaya başlayın

Gökyüzünün sonsuza dek açık olmasını beklerseniz, asla yıldızlığa erişemezsiniz

Hayatın sadece rastgele kuantum olasılığı olduğu gerçeğini kabul edin.

Bilim İnsanlarını Takdir Edelim

Kuantum dünyasını ortaya çıkaran tüm bilim insanlarını takdir edelim

Kuantum parçacıklarını duyu organlarımızla ne görebilir ne de hissedebiliriz

Ancak beynimizin anlama ve görselleştirme yeteneği vardır.

Bilim, doğayı ortaya çıkarmak ve anlamak için uzun bir yol kat etti.

Yine de nerede durduğumuzu bilmiyoruz, son nokta çok uzak ya da çok yakın;

Bilim insanları birçok uykusuz geceyi hipotezler geliştirerek geçirdi.

Daha sonra, birçoğu zorlu testlere dayanır ve teori haline gelir

Schrödinger'in kedisi şimdi bir kuantum sıçramasıyla kutudan çıktı ve doğaya taşındı

Kuantum bilgisayarlar sayesinde bilim insanları gelecekte yeni olasılıkları keşfedecek

Yeni bir kültüre girmiş olsak da, insan beyni, zihni ve bilinci için gerçeklik hala belirsiz.

Su ve Oksijenin Ötesinde Yaşam

Evren sınırların ötesinde sonsuzdur ve hala genişlemektedir

Ancak bazen evren hakkındaki düşünme sürecimiz, kendimizi sınırlandırıyor

Sonsuzlukta karbon, oksijen ve hidrojenin ötesinde yaşam mümkündür

Yıldızlardan doğrudan enerji alabilen bilinçli bir yaşam olabilir.

Oksijen ve su yaşam için gerekli olmalı, diğer galaksilerde gerçek olmayabilir

Dünya gezegenimizde var olan yaşam biçimi yalnız olabilir

Yine de, milyarlarca ışık yılı ötede aynı tür yaşamın olması da yüksek bir olasılıktır.

Doğa çeşitliliği sevdiği için, başka yerlerde farklı yaşam biçimleri mümkündür

Ancak fizik ve biyolojimiz bu tür bir yaşam için uygun olmayabilir.

Enerjinin diğer evrendeki canlı varlıklar tarafından doğrudan emilmesi olasılığı makuldür

Karanlık enerji konusunda hala karanlıktayız ve ışık sınırları içinde sınırlıyız

Yine de uzak galaksilerdeki farklı yaşam formları için karanlık enerji parlak olabilir

Işık hızı bariyerini aştığımızda istediğimiz hızda seyahat edebiliriz.

Diğer galaksilerdeki ötegezegenlerin araştırılması basit ve adil olacak

O zamana kadar bilim yargılayıcı olmamalı ve diğer katmanları yok saymamalıdır.

Su ve Toprak

Dünya gezegenimizin dörtte üçü sular altında
Sadece dörtte birinde, biz homo sapiensler yaşıyoruz.
Okyanusların altındaki dünya hala keşfedilmedi
İnsanlar toprağın kaynaklarını dayanabileceğinin ötesinde sömürüyor
Tanrıya şükür, derin deniz keşfi yapmak hala zor

Dış uzayı keşfetmek için daha kolay ve rahat
Bu yüzden Ay'da bile koloni kurmak için yarış var.
Sahra Çölü günümüz uygarlığı için hala gizemli olsa da
Biz daha çok Ay'da arazi kapma ve inşaata başlama konusunda endişeliyiz
Dünya nüfusunun çoğunluğu hala konut çözümünden yoksun

Dış uzayı ve yakın atomları keşfetmek gerekir
Ancak tüm insanlara hayatta kalma fırsatı vermek zorunludur
Uygarlık, ilerlemesi ve refahı için yolculuğa sevgiyle başladı
Ancak, homo sapiens ve diğerleri arasındaki denge bütünlüğünü kaybetti
İnsan ırkının hayatta kalması için çevre ve ekolojiyi samimiyetle dengelemeliyiz.

Fizikte Harmonikler Vardır

Tarımın keşfinden bu yana birkaç bin yıl geçti

Çiftçiler hala topraklarını işliyor, çeltik ve buğday ekiyor

Yaşlı balıkçı balık yakalamak ve pazarda satmak için denize gider

Kovboy ve kovboy kız büyükbabalarından öğrendikleri eski bir melodiyi söylerler.

Yapay zeka ya da duydukları uzaylı hakkında endişelenmiyorlar

Kuantum dolanıklığı veya uzak gökyüzündeki ötegezegen onlar için önemli değil

Daha ziyade kuraklık ve düzensiz iklim, verimleri için bir endişe kaynağıdır

Hız kesmeden devam eden kimyasal gübre kullanımı toprağın verimliliğini azaltmıştır

Hala yağmur suyuna bağımlı olan milyarlarca insan var

Kötü yağışlar çocuklarını yoksulluğa ve açlığa itebilir

Yine de bilim, atomu ve galaksileri keşfetmek için gittikçe daha derine indi

Bilim doğayı takip etmek ve keşfetmektir, doğanın bilimi keşfetmesi değil

Evren, fizik yasaları yazıldıktan sonra var olmadı

Matematik bilgisi temel olarak geldi ve gezegen dinamiklerini biliyorduk

Doğayı fizik yoluyla keşfederken her türlü harmonik olasılığı vardır.

Doğa Alanında Bilim

Fizikte doğayı açıklamak için birçok matematiksel denklemimiz var

Ancak gelecekte ölüm tarihini tam olarak hesaplamak için denklem değil

Bazı insanlar genç ve sağlıklı ölür, bazıları ise sefil bir şekilde yaşlanır.

Denklem yok, neden özgür irade ve özverili çalışma ile çabalar sonuç vermek için dosyalanmış

Depremi kesin olarak tahmin etmek için denklemler de mevcuttur

Doğal afetlerin ve pandeminin öngörülmesi de olasılıktır

Ancak evlilik uyumu ve sürdürülebilirliği için basit bir denkleme ihtiyacımız var

Bilimsel tahminler hatasız olarak yüzde yüz doğru olmalıdır

Aksi takdirde zayıf insanlar arasında astrologlar her zaman korku yaratacaktır.

Bilim, binlerce yıl önce yazılmış dini metinler gibi kara bir kutu değildir

Birçok bilim insanının kara kutu sendromu egosunu bir kenara bırakmalı

Gerçeği aramak için her olasılık ve ihtimal araştırılmalıdır

Kanıt olmadan bazı inanç ve değerlerin batıl inanç olduğunu söylemek kabalıktır

Doğanın ve Tanrı'nın alanında bilim her zaman daha iyi yarınlar ve iyilik içindir.

Gelişen Hipotez ve Yasalar

Fizik hipotezi ve yasaları, metafizik zamanla gelişiyor

Big-Bang'den önce evreni yöneten farklı yasalar olabilir

Ama bizim için fizik ve doğa kanunları sadece zamanın alanına giriyordu.

Zaman yanılsama olabilir veya geçmişten bugüne ve geleceğe doğru hareket edebilir, gözlemci için önemlidir

Zamanın etki alanı olmadan, yasalar ya da amaçlar için hiçbir anlamımız olmaz.

Teknoloji, homo sapiensin daha kaliteli bir yaşam sürmesi için fiziği evrimle takip ediyor

Ancak dünya gezegenindeki diğer canlılar için fizik ve teknoloji uzaylılardır.

Okyanusların veya denizlerin altında yaşayan dörtte üçünün bile fizik bilgisi yoktur.

Yine de hiçbir matematik bilmeden rahat ve mutlu bir şekilde yaşıyorlar.

Yolculukları ve yaşamları da istatistikleri umursamadan sadece zamanın alanındadır.

Biz akıllı yaratıklar doğadaki her şeyin kontrolünü ele geçirdik.

Ancak gelişim ve ilerleme sürecinde, doğa için, umursamadık

Kozmoloji ve temel parçacıkları bilmek herkesin payı için yeterli değil

Ekolojik denge ve elverişli çevre olmadan, bir gün insan yaşamı nadir olacaktır

Bırakın bilim insanları evrim sürecini icatla dengelesin, herkes için adil olan budur.

Yazar Hakkında

Devajit Bhuyan

Mesleği elektrik mühendisi ve gönülden şair olan DEVAJIT BHUYAN, İngilizce ve ana dili Assamca'da şiir yazmakta ustadır. Mühendisler Enstitüsü (Hindistan), Hindistan İdari Personel Koleji (ASCI) üyesi ve çay, gergedan ve Bihu diyarı Assam'ın en yüksek edebi organizasyonu olan "Asam Sahitya Sabha "nın ömür boyu üyesidir. Son 25 yılda, farklı yayınevleri tarafından 40'tan fazla dilde yayınlanan 110'dan fazla kitap yazdı. Yayınlanan kitaplarının yaklaşık 40'ı Assamca şiir kitabı, 30'u ise İngilizce şiir kitabıdır. Devajit Bhuyan'ın şiirleri dünya gezegenimizde bulunan ve güneşin altında görünen her şeyi kapsamaktadır. İnsanlardan hayvanlara, yıldızlardan galaksilere, okyanuslardan ormanlara, insanlığa, savaşa, teknolojiye, makinelere ve mevcut her maddi ve soyut şeye şiir yazmıştır. Kendisi hakkında daha fazla bilgi edinmek için lütfen www.devajitbhuyan.com adresini ziyaret edin veya @*careergurudevajitbhuyan1986* YouTube kanalını görüntüleyin.

www.ingramcontent.com/pod-product-compliance
Lightning Source LLC
LaVergne TN
LVHW041702070526
838199LV00045B/1166